Objets, trajets

Les Avrils
Groupe Delcourt
8, rue Léon-Jouhaux
75010 Paris
lesavrils@editions-delcourt.fr

www.lesavrils.fr

Objets, trajets

Stéphanie Lamache

Les Avrils

Pour H., pour C.
Depuis longtemps et pour longtemps.

Les beaux livres

Sept livres reliés. La reliure, c'est le luxe ; faux cuir, mais vrai effet. L'autrice porte un nom qui est à la fois une interrogation et une promesse d'ailleurs : Pearl Buck. S'ajoutent le mystère et l'élégance des idéogrammes chinois, réguliers, obscurs, répétés sur le dos de chaque volume. Ces livres sont nobles, ils annoncent leur supériorité sur le commun des éditions de poche usées, pliées et pâlies au soleil ou des éditions France Loisirs, trop grandes, trop lourdes, trop colorées. Les beaux livres sont immuables, au fil des années, ils ne bougent pas, ne se transforment pas, ne s'abîment pas. Ils sont là pour contribuer au décor, pour être regardés, admirés, sans doute pas pour être lus. En tout cas, pas plus d'une fois.

Je n'ai jamais vu ma mère les lire, ou qui que ce soit d'autre. Les beaux livres datent d'avant, un temps que je n'ai pas connu, un temps dont je ne me souviens pas, avant ma naissance ou avant le début de mon regard, un temps où il y avait un peu d'argent à la maison pour des choses qui font rêver, des choses qui promettent de dévier le quotidien, de l'élever au-dessus des soucis. Les beaux livres étaient les premières briques d'un futur rêvé.

C'était un temps où les parents pouvaient s'offrir des dictionnaires, une encyclopédie générale en plusieurs tomes, des encyclopédies thématiques (animaux, océans, médecine), d'autres livres élégants, le Club des grands prix littéraires avec reliures dorées, c'est noble les dorures, mais la question n'était pas de paraître noble, de montrer une supériorité de goût (à qui ? nous ne voyions personne), mais au contraire, de tenter d'apprivoiser quelque chose qui se présentait à nous (quoi ? la connaissance ? une classe sociale ? une image ?) et à laquelle nous n'avions pas naturellement droit, ou plutôt, à laquelle nous pensions ne pas avoir droit. Les barrières les plus rigides sont celles que l'on s'invente, par peur, par faiblesse ou par facilité.

C'était, pour partie, une question d'image, d'image de soi. Les beaux livres sont pour les gens chics et nous savions que nous n'étions pas chics. Nous étions vivants et survivants, cette activité simple nous prenait tout notre temps. Il en restait peu pour le repos, le loisir. Poser quelques bouquets de fleurs du jardin sur le buffet en Formica de la cuisine, préparer des gâteaux, des croissants jambon-béchamel le dimanche, se promener dans les bois et recommencer le lendemain. Pour les enfants, arracher au fil de l'école la possibilité d'un avenir, pour les parents, arracher au fil des heures la possibilité d'un revenu qui maintiendrait la famille à flot.

Mais il faut situer le lieu, le temps. Le lieu, c'est une maison au bout d'un long chemin bordé de haies, houx et aubépines avec quelques frênes-têtards, comme il y en a tant dans le pays d'Auge, Normandie. Le temps, le temps premier, c'est 1975 environ, la chronologie des temps premiers est toujours floue. Le repère : les herbes étaient plus hautes que moi lorsque je marchais dans le champ. Tout s'arrêtera vers 1990, quinze ans de tentatives et un échec au final. Quinze ans seulement et toute une vie pourtant.

La maison est un ancien pressoir à cidre, quatre murs en brique assez épais, une toiture en ardoise, des poutres et un plancher rustique pour l'étage. Et le pressoir bien sûr, plusieurs tonnes de granit posées au centre du rez-de-chaussée. Le sol est en terre battue, tout reste à faire pour rendre l'endroit habitable. Les travaux se font avec les seules forces en présence, l'oncle de la Manche, maçon, vient aider pour le gros œuvre et la pose des cloisons. Comment ont-ils fait pour sortir le pressoir à l'extérieur de la maison ? Prodige d'adultes qui tiennent les enfants à l'écart de tout. Une dalle de béton est coulée sur la terre battue, elle ne sera jamais carrelée, le béton brut un peu irrégulier ne facilitera jamais le ménage. Le papier peint arrivera au fil des années. Quatre chambres se dessinent à l'étage, l'une d'elles restera inachevée – toujours nommée « la quatrième chambre » et devenue sombre grenier sans fenêtres – comme les toilettes un temps envisagées et jamais posées.

En bas, une vaste salle à manger, une cuisine, une salle de bains et des toilettes, réelles celles-là, sont desservies par un couloir en L, nommé « corridor » (« ferme la porte du corridor », « je l'ai posé dans le corridor »), dont une partie fait office de sas d'entrée, avec les manteaux, les chaussures, les bottes et le téléphone. Des radiateurs électriques sont posés dans toutes les pièces, mais ils serviront peu, voire pas du tout, l'électricité coûte cher, la maison est grande, elle sera chauffée grâce à un petit poêle à bois installé dans la salle à manger. L'essentiel du confort est là, les idées pour l'améliorer également. Faute de moyens et d'énergie aussi, peut-être, elles ne verront jamais le jour. L'emménagement dans la maison se fait avant la toute fin des travaux. Il y eut un avant, un appartement de deux chambres dans un petit immeuble de Lisieux posé en limite de la ville, père magasinier dans un garage, mère femme de ménage faute de mieux, puis il y eut un après, le déménagement, la campagne, la vraie, luxuriante, foisonnante, loin de tout, seul lieu et seule compagnie.

La maison avait un terrain autour d'elle, huit mille mètres carrés plantés de vieux pommiers. Est-ce cela qui a donné aux parents l'idée d'un changement de vie ? L'espace qui appelle l'usage ? Quelques traces de mécontentement à propos du garage se devinaient dans les conversations des grandes personnes. Le travail ne rendait pas heureux, il fallait vivre autre chose, autrement. Peu à peu, après une bifurcation inattendue, la maison à la campagne en rénovation est devenue une petite exploitation agricole pour élever des chèvres, les parents, des artisans fromagers, commerçants par obligation, sans en avoir le goût ni l'aplomb. Travail en couple, faillite en couple.

De ces années, il me restera une insécurité permanente, la certitude qu'une trajectoire de vie peut être déviée à tout moment, par un accident, une panne ou la vétusté d'appareils, une voiture trop vieille, l'accumulation de dettes, la mort d'animaux « de rapport », des conditions hivernales qui bloquent l'artisan chez lui, et surtout, par le cumul insidieux de toutes ces raisons, surmontables une à une mais dont la somme finit par être un tel poids que continuer ainsi devient impossible.

Parenthèse de souvenir dans le souvenir : l'odeur des feuillages, la folie du printemps. Noisetier astringent, miel des troènes. Crosses des fougères soulevant l'humus. Écorce rude des pommiers habillée de lichens et fleurs de soie à peine touchées de rose. Houx, frêne, buis, fraisier, cassis, chaque plante, arbre ou arbuste fait vivre une sensation parfumée, aussi subtile et intense qu'il y a peu de mots pour la dire, lui donner corps alors que je me tiens dans le jardin, le verger, le chemin, la forêt, une matriochka d'espaces les uns dans les autres, le clos du potager dans le clos du champ (un « clos » en Normandie), tenus dans le clos des haies du village, insérés dans la marqueterie du bocage. Chaque espace est la somme des odeurs qui le composent. L'odeur, le lieu, la lumière. *Fin de la parenthèse de souvenir.*

Les beaux livres et les encyclopédies prennent place en petits lots disposés sur les meubles de la salle à manger-salon : sur le buffet d'un style rustique impossible, en bois très sombre et aux énormes pieds torsadés, ou sur les étagères et sur la poutre, ancienne traverse haute du pressoir maintenant posée à même le sol, près de la télévision. La poutre est gravée d'une date (1876 ou 1894 ?), cette marque du temps est rassurante : les choses durent, rien de mal ne peut nous arriver dans ce flot lent et continu, dans l'alternance des carrés de soleil et de lune qui tombent sur le béton rugueux. L'important est la distance qui nous inscrit dans une histoire, qui nous dépasse et nous englobe en même temps. De plus, nous possédons quelque chose d'ancien et de rare que n'ont pas les « gens des pavillons », enfermés dans une modernité sans mémoire, nos voisins pourtant.

Les beaux livres renforcent cette impression de sécurité, ils sont si solides. Découvrir les mots imprimés à l'intérieur est presque une surprise. Eux, si différents, si hors du commun, contiendraient donc des histoires, des personnages, comme tous les autres ? En plus d'être de beaux livres, ils auraient un usage de livre ordinaire ?

Les beaux livres de Pearl Buck sont à part, ils forment un ensemble. Sont-ils posés sur la poutre-traverse ou à part sur le buffet ? La mémoire fait défaut, mais peu importe, ils sont « à part » et pendant des années, ils font signe et ils intimident. Ces livres sont trop sérieux, ils ne peuvent contenir quelque chose d'intéressant pour une enfant qui découvre les *Fantômette*, les *Alice* et les Agatha Christie. Leur reliure épaisse est une porte fermée sur un univers incompréhensible, les titres ne promettent rien, le nom de l'autrice est opaque, une formule inconnue aux deux syllabes qui claquent. Il faudra des années, le hasard de l'ennui, d'une curiosité tardive, pour que j'ouvre l'un d'eux. Il faudra aussi un détour par Maupassant, découvert grâce à une lecture du *Horla* interrompue lors du dernier cours de français de l'année de sixième nous laissant dans l'attente insupportable de la suite, puis par des emprunts aléatoires, variés, à la bibliothèque municipale de Lisieux, pour comprendre qu'il y a des romans plus denses, plus intenses que d'autres. Des romans qui portent une vie supérieure, une capacité supérieure à surprendre, à déranger, à blesser.

Parmi les sept livres de Pearl Buck, lequel a été ouvert en premier ? Peu importe, un seul a retenu mon attention, au point de le relire tous les ans pendant des années : *Vent d'Est, vent d'Ouest,* l'histoire d'une très jeune femme docile, Kwei-Lan, épouse malgré elle d'un jeune homme revenu en Chine après des études de médecine à l'étranger. Le mariage a été arrangé entre les familles dès la naissance de Kwei-Lan et celle-ci s'y soumet avec respect. Elle espère plaire à son mari par sa maîtrise des arts d'agrément, par une obéissance aveugle aux préceptes d'une éducation traditionnelle qui a écrasé toute spontanéité et toute idée personnelle. Mais Li, son mari, souhaite une relation basée sur le dialogue et sur l'égalité. *Vent d'Est, vent d'Ouest* est l'histoire d'un éveil, d'une prise de conscience. Peu à peu, comprenant le point de vue de son mari, pas de côté vers l'altérité, Kwei-Lan découvre que la famille et les traditions sont un carcan, une entrave, et que l'on peut honorer les siens, les respecter mais aussi s'éloigner (sans partir) afin de se libérer et devenir soi.

Devenir soi, quelle énigme, quel voyage. Le livre porte les marques de relectures, un trait pour chacune apposé sur la première page. Chaque lecture était l'escalade d'une montagne, la (re)découverte d'un lieu, d'où la nécessité de laisser une trace, un cairn de petits bâtons disant « j'y étais », « je l'ai fait ». *Vent d'Est, vent d'Ouest*, je l'ai « fait » huit fois au moins, avant que je n'abandonne l'habitude de noter mes passages. Noter ses relectures, pour qui ? Pour moi ? Pour le grand inquisiteur ? Huit fois j'ai pris ce chemin, une neuvième je recommencerai ? Une neuvième fois je l'ai repris, peut-être même une dixième, sans enjeu, sans ego, pour retrouver une maison, une amie, quelque part dans une Chine de roman, un espace chimérique dans l'espace des pages, autre clos dans le clos, et me réconforter au récit d'une émancipation réussie.

L'histoire de Kwei-Lan, c'était l'histoire d'un dessillement, de la naissance d'un regard. Sans révolutionner les choses autour d'elle (sauf le renoncement aux pieds bandés, souffrance physique qui la fait grandir dans tous les sens du terme), elle trouve une place et une pensée qui lui sont propres. Ce qui arrivait à Kwei-Lan me travaillait, installait en moi une intuition. Une voie vers la liberté était donc possible ?

Il fallait que je partage son aventure pour vérifier l'hypothèse. Au lycée, en classe de seconde, j'avais choisi d'en réciter deux pages plutôt qu'un poème quelconque. L'approbation de mes camarades serait le début d'une confirmation. J'avais choisi un passage au début du roman : « Lorsque le géomancien eut désigné le jour de mon mariage, quand les coffres de laque rouge furent remplis, (...) ma mère me manda près d'elle dans sa chambre. » J'aimais ce passage pour son « exotisme », l'art de vivre délicat qu'il révélait, si loin de notre quotidien à base de chèvres, de seaux en plastique et de steaks hachés surgelés. Je me sentais brute et brutale en regard du raffinement, de l'attention à une infinité de détails dans l'habillement, le décor de la maison, la fragilité d'une fleur.

Je partageais avec Kwei-Lan la même incertitude devant les silences de ma mère, née de l'habitude d'être une enfant soumise et sage par force. L'une et l'autre, monde réel et monde de papier, nous avions le souci de veiller aux multiples nuances d'une intonation, de décrypter les degrés de la désapprobation, la proximité d'un reproche éventuel. Pour elle comme pour moi, envisager de déplaire se payait au prix de l'inquiétude.

Je me rappelle le jour de la récitation, de la difficulté à faire vivre, au-delà des questions de mémoire, un texte de deux pages devant un auditoire qui s'ennuyait vite. Passé l'effet de surprise dans le choix du roman, je sentis rapidement que je perdais l'attention générale et que, au milieu du marécage des phrases à demi oubliées, mon désir rejoignait le leur : en finir au plus vite. Le but était manqué, coup d'épée dans l'eau, mais je me souviens de vous, M. Massot, professeur de français qui cultivait sa ressemblance avec Léo Ferré, de votre bienveillance qui donnait place à nos foucades d'adolescents avec idées, lubies, furies mais sans mots pour les formuler, et qui encourageait notre créativité pour nous aider, sinon à les vivre, du moins à exprimer ces contradictions qui nous tenaillaient. La bienveillance est un vrai cadeau pour des adolescents tourmentés et un peu idiots. M. Massot est mort quelques années après mon départ du lycée, beaucoup trop tôt, triste nouvelle annoncée dans le journal local. Qu'il revive un peu ici, en passant, parmi les souvenirs exhumés : douceur, délicatesse, exigence et nuage de cheveux blancs.

Je remportais chez moi, au bout du chemin bordé de houx et d'aubépines, fin fond du pays d'Auge, ce que je n'avais pas su dire de Kwei-Lan et de sa libération. Les intentions étaient disproportionnées, supérieures à mes moyens pour les partager. Un poème est peut-être, en effet, un véhicule plus adapté à certaines circonstances.

De tous les livres de Pearl Buck figurant parmi « les beaux livres », seul celui-ci me captivait. Je n'ai plus de souvenirs des autres titres. Mais je remarque, des années après, que je me suis approprié *Vent d'Est, vent d'Ouest* en lui apposant mon nom, en plus des marques de lecture. Plus curieux, plus ironique encore, je constate que le seul sur lequel j'ai apposé le nom de ma mère, à l'aide du tampon encreur créé pour l'élevage de chèvres, s'intitule *La Famille dispersée*. Était-ce une prémonition ?

Au fil des années, je continuais à lire et relire *Vent d'Est, vent d'Ouest*, jusqu'à ce que moi aussi, je prenne mon envol.

Pays d'Auge, à travers bois

Au départ de la route, bordé d'églantiers lourds de fleurs, le chemin s'élance comme une veine taillée dans l'épaisseur du feuillage. La campagne alentour est courbe et douce, un velours souple d'un vert insensé, mais ce chemin qui disparaît vers le cœur de la forêt invite à des découvertes plus profondes.

Sur le bord du talus, les araignées offrent au matin leurs soies perlées d'argent et dans les champs, les poiriers pleurent sur l'herbe leurs derniers pétales. Il faut partir sans regret ni retard.

Quelques cailloux roulent encore sous les pieds que déjà le parvis des bois est dépassé. Le pas est vite étouffé sur un tapis de verdure et de feuilles pourrissantes. Au soleil naissant se substitue une clarté filtrée, aux sonorités connues, un silence épais seulement troublé de craquements et de froissements intrigants.

Dans les niches des herbes croisées viennent des fraisiers aux fleurs minuscules et délicates, espoirs de gourmandises infimes aux marches de l'été. Les fougères, gorgées d'humus et d'eau, déroulent leurs crosses animales dans une course lente et sûre vers le soleil. Chaque plante, chaque arbre semble exhaler une volonté désespérée à croître et à s'étendre. L'air est baigné de cette énergie électrique où les parfums se développent dans la chaleur naissante comme davantage de sucre dans un alcool puissant, et le bonheur de devenir elfe, de marcher sans fouler l'herbe du pied, d'avancer sans toucher au désordre parfait des feuilles enchevêtrées devient un miracle facile.

Lentement, le petit bois s'offre des allures de forêt. Le pas devient plus mesuré, superstition archaïque ou crainte respectueuse devant la menace d'une révélation… Le chemin est une passerelle sur un monde étranger. L'emprunter mène vers une autre rive mais aussi, parfois, vers un autre soi-même. Chaque traversée est une mise à l'épreuve. Quelles certitudes vont résister à la peur, loin des limites familières ? Tout ce que l'imagination laisse jaillir devient miroir. La tentation de fermer les yeux… L'ombre vient, les ouvrir à nouveau… La couleur a disparu vers les cimes pour ne laisser au passant qu'une fraîcheur de crypte, l'impression fauve d'un sous-bois tavelé où se devinent les pistes des chevreuils.

Une branche soudain cassée fait espérer le bonheur fragile d'une rencontre, le regard de bête libre qui s'abandonne quelques instants, le corps aérien et sauvage qui ne sera jamais vôtre. Mais le bruit d'une fuite lointaine et le silence retrouvé rendent l'indigne humain à son cheminement solitaire.

Après un virage inutile et saugrenu, une trouée parmi les arbres ouvre une fenêtre vers le ciel, rendant les herbes folles qui s'imaginent devenir prairie. L'été les brûlera lentement dans une odeur de pain chaud aux relents de philtre sorcier. S'abandonner, dormir… alors que glisse, sournois, le serpent aux écailles lisses.

Plus loin, un pommier égaré, noueux et torturé comme un vestige d'Éden, lance ses branches arthritiques en travers du passage. De jeunes scions éclatent son écorce ravinée, les fleurs ébauchées donneront à l'automne de petites pommes immangeables, amères et dures, que même les oiseaux renoncent à attaquer.

Peu à peu, à force de passages, les saisons et les parfums se mélangent, ne compte plus que l'issue, l'autre rive. Le chèvrefeuille enserre l'arbre de ses lianes amoureuses et noie les abeilles dans une ivresse capiteuse au beau milieu d'un hiver nu, les ronces étouffent le sous-bois d'une orgie de mûres sur une brassée éclatante de jonquilles et de jacinthes. Tout se confond, devient une seule et unique traversée vers H., l'amie très chère, vers l'espoir d'une résurgence, le passage nécessaire du chagrin vers la lumière.

Orbec, est-ouest

La petite ville s'étale paisiblement depuis le sommet de la colline jusqu'aux abords de la rivière, Orbec et son Orbiquet, la paire, augmentée d'une commune adjacente, La Vespière, qui viendrait comme en renfort, en complément de quartiers à part entière. Tout paraît petit dans les proportions, le plan, l'étalement, la circulation tortueuse.

Sommes petites nous aussi, même pas impressionnées par notre première Ville depuis le départ de nos écoles primaires de village, à deux ou trois classes pour cinq niveaux. Sommes sauvagettes pas bien dégrossies, mais la Ville, cette ville, ne nous fait pas peur.

Une rue Grande transversale, au tracé irrégulier de serpent en pleine digestion, sépare la ville basse en deux sections mais n'efface pas la sensation d'enfermement, l'impression d'une bourgade tout entière concentrée sur les huit cents mètres de commerces dans l'estomac du serpent. Le cadre serait presque joli, malgré le disparate des époques de construction et de matériaux employés, une sorte d'assemblage bricolé de maisons de poupée, si la lèpre de l'abandon et de la menace de ruine ne grignotait pas de toute part la carte postale potentielle. La ville avait été belle, aurait pu être belle, l'était encore de place en place, mais le pourrissement surgissait, impossible à ignorer, accablait plusieurs immeubles et se manifestait au grand jour pour tempérer tous les enthousiasmes, tous les optimismes.

Pour grimper à notre collège public, isolé au sommet de la colline, à peine besoin d'entrer dans la cité. Après avoir déposé les élèves des classes privées au premier arrêt, le bus escalade la rue des Capucins, serpente entre les immeubles et les quelques maisons de maître, vire à gauche et nous dépose près de bâtiments anodins à l'esthétique minimaliste, entre la brique de Lego géante et la cabane de chantier. L'un des atouts du lieu est sa position dominante, adossé à la forêt. On pouvait en avoir un aperçu sur le bref trajet entre la cour de récréation et le gymnase. Le stade en contrebas avait été taillé en terrasse dans le flanc de la colline, la vue était dégagée sur l'autre versant de la vallée, rêve facile d'évasion. Mais depuis les salles de classe, du fait de l'orientation du bâtiment principal, seuls les arbres ou la triste cour dite de récréation, surplombée par le pignon noir du gymnase, étaient visibles.

Sommes petites, toujours, intriguées mais pas vraiment impressionnées non plus par ce nouveau collège. Un peu inquiètes, plutôt, du nombre d'adultes croisés chaque jour ; un peu perplexes, peut-être, de la froideur des lieux, purement fonctionnels, optimisés pour l'usinage et le tri des gamins. Que va-t-il nous arriver ici ?

Le plan est simple, composé de trois niveaux avec chacun un couloir central desservant des salles de classe. La seule originalité du rez-de-chaussée est de comporter une « salle des profs » à une extrémité, vécue par toutes les parties en présence comme une enclave, à défendre ou à éviter, c'est selon. Le deuxième étage se distingue par ses salles de physique-chimie aux paillasses carrelées ; de couture, aux grandes tables de travail avec machines à coudre ou de cuisine, avec un rang intérieur de gazinières et des tables et des éviers alternés le long des murs. Perpendiculaire au préau, un autre bâtiment, utilisé autrefois comme internat, sert peu. Son isolement fait que les cours de musique s'y tiennent. Dans l'immensité, personne ne vous entend jouer de la flûte.

L'apprentissage était multiple. Il nous fallait apprivoiser ce nouvel espace et ses règles parfois obscures (pourquoi a-t-il fallu plusieurs années pour être enfin autorisés à s'abriter en hiver dans une grande salle prévue à cet effet, côté internat, alors que le préau était minuscule et que nous étions nombreux à arriver par la magie du ramassage scolaire quarante-cinq minutes avant le début des cours ?). Il nous fallait également apprivoiser le contenu des cours et la manière dont ils étaient dispensés, par de trop nombreuses grandes personnes aux personnalités surprenantes et imprévisibles. Entre les deux se glissait la seule vraie peur, la maîtrise des « emplois du temps » journaliers, croisés avec les changements systématiques de salle de classe, qui nous transformaient en petits troupeaux transbahutés d'une pièce à l'autre, d'un étage à l'autre, souvent anxieux de se tromper, d'être en retard, paniqués à l'idée qu'un incident vienne troubler nos migrations dociles et ne nous désigne à l'attention des adultes.

J'arrivais quelques années après le frère, le nom de famille était déjà familier dans les lieux, comme un petit drapeau planté sur une terre nouvelle. Lors de disputes avec des « camarades », l'avantage (pour eux), était ce *m* en pivot central qui pouvait être remplacé par presque toutes les consonnes de l'alphabet. De l'insulte, j'avais tendance à ne retenir que le *v* ou le *t*, salissures ajoutées à celles déjà reçues, mais à être fière du *p*. L'Apache est un solitaire, un intransigeant, rêvais-je à partir des clichés du western, un destin qui s'accomplit seule contre tous. Je voulais bien être l'Apache pour être différente des autres, ne pas leur ressembler. Car si les lieux n'étaient pas très importants dans cette nouvelle vie scolaire, les gens, petits ou grands, étaient un problème, d'échelle différente, mais un problème, la source première de l'incompréhension dans ce bain à sociabilité forcée qui nous mélangeait tous. À l'heure de la récréation, une question rituelle pouvait changer le cours d'une journée, d'une année, ou plus : « Tu marches avec moi ? » L'entendre, c'était être vue, reconnue, choisie, le début d'un changement d'état. Accepter équivalait à signer un pacte, à faire allégeance.

Au-delà d'arpenter la cour bitumée de long en large par paires, trios ou petits groupes, c'était avant tout rejoindre un réseau d'alliances qui vous coupait des autres clans et pouvait déclencher des ressentiments et des inimitiés, terreau dérisoire et fertile pour toutes les batailles en devenir.

La première année, j'avais « marché » avec une amie qui s'était révélée fausse – apprentissage de la jalousie et de la déception. En juin, je me retrouvais seule, abandonnée, suite à cette rupture que j'avais provoquée par dépit. Mais seule, je ne l'étais pas. Il y avait H., déjà, et je ne le voyais pas. Je marchais avec elle tous les matins depuis des mois avant le début des cours. Nous descendions chacune des premiers bus arrivés et dans le calme d'une cour encore endormie, nous avions commencé à nous parler. Je suis à peu près sûre que nous ne nous étions pas posé la question « tu marches avec moi ? », pourtant, plus de quarante ans après, nous marchons toujours ensemble.

Avec H., les choses semblaient plus claires, posées, intelligibles. Elle venait d'une famille aimant les lettres et les sciences, habituée aux méandres des études et des cursus. Je comprenais que l'école pouvait être une voie, une issue, à condition d'éviter les pièges. Lorsqu'elle parlait d'options, d'orientation, je découvrais que l'on pouvait choisir, ne pas se laisser porter là où l'on voudrait bien de vous, pour une place par défaut, qu'il était possible de demander.

Je n'étais pas vraiment sûre de mes choix. Au fil des mois et des influences, je me voyais successivement archéologue, vétérinaire, chauffeur routier (lubie d'un mois ou deux) ou assistante sociale. Les cours en maison familiale rurale me paraissaient rassurants, atteignables et même convenables pour quelqu'un comme moi. Je n'aurais pas à partir loin ni à étudier longtemps pour obtenir une place, une position. L'avenir paraissait proche et raisonnablement dimensionné ainsi, pourvoyeur d'un métier dont la légitimité et l'utilité ne seraient pas opposables. Puis l'ascendant de la série télé *Pause café* se dissipa et je compris des années plus tard que l'envie venait du besoin d'être secourue, du désir que notre famille soit sauvée, puisqu'il existait des gens dont c'était le métier. Elle venait aussi de la crainte de rêver trop grand dans un collège où dès la sixième, la menace de « finir en CPPN », classes pré-professionnelles de niveau, était insinuée, instillée, où des remarques acerbes de certains enseignants nous signifiaient le risque de glisser vers cette pente dangereuse si nous ne faisions pas plus d'efforts pour maîtriser le théorème de Pythagore et autres fantaisies géométriques. Les CPPN étaient un épouvantail facile à disposition pour démontrer les conséquences de l'inattention, de la dissipation, de l'inadéquation. Leurs élèves nous paraissaient différents, plus forts, plus menaçants avec leur maturité de presque adultes, leur dureté, leur assurance. Nous nous croisions parfois dans la cour, en espérant que rien ne dérape, mais chacun se tenait à distance, dans une cohabitation sans échange. Ce premier tri à l'issue de la deuxième année de collège activait une fracture à laquelle personne n'osait remédier. Les filles suivaient des cours intensifs de couture et de cuisine, avant d'être orientées vers les salons de coiffure et les commerces à proximité pour des apprentissages in situ, les garçons étaient cantonnés à l'atelier fer et bois, à l'écart, préambule à des places d'apprentis mécaniciens dans les garages ou à l'usine locale. Dans quelle mesure les choix personnels étaient-ils écoutés ? Des années plus tard, une enseignante semblait encore regretter d'avoir été obligée de faire des placements en fonction des opportunités limitées qui s'offraient dans les alentours. Les élèves de CPPN se tenaient debout, poings serrés dans les poches près de l'atelier bois, peut-être crispés sur leur colère ou leurs blessures, puis ils disparaissaient, happés par la ville en contrebas. Leurs départs ressemblaient à des exclusions. Le flot de vie courante qui nous menait de classe en classe, de cours en cours nous faisait ressembler à des bancs de poissons. Nous faisions groupe, nous faisions corps, les plus malchanceux tombaient les premiers, je me demandais quand mon tour viendrait.

Un nouveau rêve me prit. Journaliste. J'écoutais la radio, je regardais la télévision, FR3 Basse-Normandie, journal local de 19 h 20, les mots étaient bien agencés, les propos clairs, les journalistes voyageaient, semblaient connaître beaucoup de choses sur bien des sujets. Pourquoi pas journaliste ? C'était beau, original, audacieux. Journaliste. J'osais rêver. J'osais le dire. Lors d'un salon des métiers, un authentique journaliste de FR3 Basse-Normandie me dit que savoir écrire était « la condition sine qua none ». Une possibilité se profilait. L'écriture comme un métier. Les rédactions étaient mon exercice préféré pour la liberté qu'elles permettaient, l'imagination enfin libre, la possibilité d'ordonner des histoires, comme dans les romans que j'aimais. Écrivain, cette fantasmagorie née dès les premières lectures, devenait une possibilité indirecte, camouflée sous le brassard « presse ». Je promenais ce rêve dans les rues d'Orbec. La ville n'avait que peu d'événements à proposer au récit. À la fin du XIXe siècle, Claude Debussy y aurait trouvé l'inspiration pour son *Jardin sous la pluie* lors d'un séjour à l'hôtel de Croisy, au bout de la rue Grande. Durée de l'œuvre, quatre minutes. En mai 1978, Jacques Mesrine avait provoqué une fusillade en tentant de franchir un barrage de gendarmerie, après le braquage du casino de Deauville. Électrochoc dans l'actualité départementale, mais scène très brève. Entre les deux, comme partout en Normandie, les combats de la Libération avaient poussé plus de deux cents personnes à trouver refuge dans les anciennes carrières, de juin à août 1944. Il y avait beaucoup à ressentir, peu à raconter qui ne l'ait déjà été. Près des carrières devenues champignonnières, l'eau turquoise de l'étang du château de La Vespière offrait le miroir de la perpétuité. Avec quelques amies, nous imaginions la submersion de la ville si les murets qui bordaient l'étang cédaient. Le volume me paraissait encore insuffisant.

Le bus du soir me redéposait à proximité du chemin bordé de houx et d'aubépines, arrivée à la maison à 18 h 15, onze heures et plus après le départ matinal. La maison était souvent vide, les parents, en fin de journée, étaient à l'autre bout du terrain, pour la deuxième traite de la journée. En hiver, les lumières de la chèvrerie étaient allumées, dessinant la masse carrée du hangar, mélancolique comme une toile d'Edward Hopper version rurale. J'avais presque une heure de tranquillité pour grignoter en attendant le repas, bâcler quelques devoirs, retrouver le chat. Parfois, une liste de tâches m'attendait. Tiens, une cinquantaine de moules à fromages à laver à l'eau très chaude. Parfois, par besoin de compagnie, j'allais traîner à la chèvrerie, où d'autres services à rendre pouvaient se présenter, seaux à déplacer, bottes de paille ou de foin à rapporter de l'arrière du hangar. L'accueil était distant, les parents concentrés sur le travail à faire.

Le rituel de la traite ne me surprenait plus. Les chèvres attendaient, impatientes, derrière le portillon de leur parc pour se précipiter deux par deux sur le quai où elles savaient qu'une portion de granulés de luzerne les attendait dans les mangeoires. J'aimais l'odeur des bêtes, leur caractère fantasque et malicieux de chiens insolents, l'odeur du foin, la chaleur un peu âcre qui se dégageait du fumier tassé recouvert d'une épaisse couche de paille blonde. Les premières années, les chèvres avaient toutes un nom, Olga, Nina, Rebecca… Au fil du temps, de l'épuisement des parents et des renouvellements du troupeau, l'habitude s'était perdue. Les dernières n'étaient que des numéros. C'était le triomphe des chiffres implacables, balance commerciale déficitaire, températures négatives sur les marchés qui font éclater les œufs frais. Comment aimer l'abstraction des mathématiques quand la réalité des chiffres semait la déception et l'anxiété ? Je retournais à la maison mettre la table pour le repas du soir, savourais par anticipation les quelques instants de lecture arrachés avant le sommeil. Le lendemain, la ronde reprenait, bus, escalade de la rue des Capucins, collège-boîte, des centaines de fois, pendant quatre années, à espérer une panne, un dérapage, un accident, quelque chose qui arrêterait le bégaiement des jours, l'enfermement entre deux lieux, seulement coupé de quelques semaines de vacances l'été dans le Cotentin.

En classe de quatrième, le couperet était tombé, redoublement. J'étais dépassée, épuisée, personne ne l'avait vu, pas même moi. Cette année était du temps donné pour rebondir, un sursis avant le triage définitif du produit défectueux. Je pourrais peut-être me rattraper, avec de la chance, en slalomant entre les angoisses, la paresse, le découragement et les facilités dans certains cours. Mais j'étais désormais en décalage avec H., elle partirait alors que je n'en aurais pas fini ici. À la fatigue de la répétition s'ajoutait la peur du changement.

En ville, la permanence dominait. Les rues semblaient désertes la majorité du temps puis s'animaient des mêmes mouvements les jours de marché. Le même couple âgé descendait d'une maison sur les hauteurs, à deux ou trois kilomètres, l'homme à pied tirant sa femme assise dans une vieille remorque à bras tout au long de la rue Grande où ils faisaient le spectacle et provoquaient l'effroi, en coupant la circulation, en se disputant sans cesse, en interpellant les passants dont la tête ne leur revenait pas. Les mêmes Parisiens chics tentaient l'immersion et l'anonymat, ils étaient reconnaissables à leurs bottes en caoutchouc Aigle toujours propres et neuves. Je me promenais dans les rues alentour, chaotiques comme des coulisses de théâtre, rue des Trois-Croissants, rue des Osiers, rue Croix-aux-Lyonnais. Les constructions s'espaçaient, des ruisseaux coupaient ou en longeaient certaines, l'eau n'était jamais loin. La ville retournait à la campagne par effacement progressif de ses marges.

La dernière année se déroula en apesanteur, par absence de volontés, positives ou négatives, de ma part ou de celle du corps enseignant. Je n'avais pas été éjectée vers une voie de garage, la possibilité du lycée se profilait, l'idée « journaliste » toujours en tête, même si tout était vague et incertain. Je poursuivais l'option couture-cuisine, plutôt que latin ou allemand, une parenthèse de douceur dans la semaine. J'aimais revenir à la maison avec des gougères au fromage, un biscuit roulé ou des œufs mimosa. H. n'était plus là, mais nous nous voyions les week-ends puisque nous habitions chacune à une extrémité du village, et je marchais désormais avec L.

Une fois le printemps revenu, l'étau se desserra encore un peu plus. Avec L., nous allions parfois nous promener en dehors du collège. Un vendredi après-midi où nous n'avions plus cours, elle proposa « et si on rentrait chez nous à pied ? ». L'idée me parut excellente. Je ne sais pas qui elle informa, ni même si elle obtint une autorisation. Je me souviens que pour ma part, je ne demandai rien. Il y avait cinq kilomètres jusque chez elle, neuf jusque chez moi. Nous nous sommes lancées dans la forêt derrière le collège, avant de traverser la vallée pour nous approcher de son village par les petites routes.

Je laissais L. dans le bourg de Saint-Martin-de-Bienfaite – les noms de villages sont un régal –, elle avait encore deux kilomètres à faire pour atteindre sa maison à La Cressonnière. Je poursuivis en longeant le plus souvent l'Orbiquet, en observant toutes les maisons. J'avais des questions en tête, toujours. Vivre ici, comment est-ce ? Était-on heureux dans cette maison ? À quoi tient le bonheur ? Il n'y avait pas de réponse, des indices au mieux. Sur la fin du trajet, je coupais à travers bois. Mon arrivée à la maison, un peu plus tôt, surprit à peine, bénéfice de l'indifférence, même devant la petite performance. Nous avons recommencé deux fois encore par la suite, avant d'être séparées par le lycée. Bonheur de marcher seules, sans rencontrer d'obstacle ni d'opposition. Parenthèse de liberté, lumière d'été.

La vallée de l'Orbiquet

À la source, l'eau est transparente, d'une pureté qui laisse incrédule. La rivière n'en est pas encore une, tout juste née de la résurgence de cours souterrains. Elle s'épanouit en un bassin de fées, puis elle se lance à travers champs, tout en méandres, détours et contrariétés de moulins et de chutes. Un système d'écluses permettait autrefois d'irriguer les prairies pour entretenir une verdure perpétuelle. Ici, la richesse, c'est l'herbe, interdit de marcher dans les champs au moment des foins, encore moins d'y nager, jeux d'enfants incompris des adultes. L'espace est limité aux routes et aux chemins. Pourtant, les prés sous le vent sont un océan comme un autre.

« Quatrième rivière de France pour le débit » disaient certains adultes, dont des professeurs, oubliant de préciser « dans sa catégorie », celle des rivières vauclusiennes. Je regardais son flot continu, abondant mais doux, ses rives à pique-niques impressionnistes et je ne voyais pas comment elle pouvait rivaliser avec des légendes comme le Rhône, la Seine ou la Loire.

Pendant des années, la vallée de l'Orbiquet a été un couloir dont on ne pouvait dépasser les murs. Maison-Orbec et retour, maison-Lisieux et retour. L'Eure et l'Orne si proches étaient rarement traversés, encore moins visités. L'usage du territoire était utilitaire, sur des routes empruntées comme des rails, sans vagabondage. L'exception d'un détour en voiture pour aller à Lisieux donnait l'impression de déchirer la toile du paysage, d'explorer des contrées inconnues.

Les chemins, en comparaison, devenaient des espaces de liberté, le moyen d'arpenter « le pays » au plus secret des recoins oubliés, à l'intérieur des limites autorisées. La rivière, au plat de la vallée, s'exposait à la vue de tous et louvoyait en courbes gracieuses pour fournir la carte postale attendue du reflet bien placé sous le manoir à colombages. Parcourir ces chemins encore et encore, comme relire un roman encore et encore, assurait le même apaisement, la même rémission. Loin dans les bois, loin dans les pages, des personnages et des lieux attendaient. La promenade et la relecture comme consolation du désœuvrement.

À la télévision, les jeunes des banlieues avaient droit à l'attention, au bruit, à l'existence, même contrainte, même critiquée. Les jeunes des campagnes n'existaient pas, silence, les jeunes filles des campagnes encore moins. Leurs comportements étaient tenus pour acquis, conformité, obéissance, travail. Quel lieu pour exulter ? Une pauvre boîte de nuit perdue dans les champs attirait les plus téméraires, l'idée ne me suffisait pas.

Lorsque l'on vous répète que la région a été riche, mais ne l'est plus, que la fortune et la gloire sont du passé, est-ce pour mieux vous faire accepter des conditions médiocres ? Des postes sans éclat ? Des salaires à la baisse ? Ou simplement, par tradition, pour émousser les rêves et les ambitions ?

L'Orbiquet se perdait en bras et biefs multiples. La cartographie de ses méandres recouvrait ma cartographie intérieure des hésitations et des peurs. Quel chemin prendre ? La promenade devenait un évitement, un détournement, comment faire pour ne pas rentrer trop tôt ?

En attente, quelque part, il y avait tant d'espaces à parcourir, tant de bibliothèques à découvrir. Lire, relire, marcher. Chercher les bords de la carte.

Les romans policiers

Ce sont des livres format poche, aux couvertures en carton mat, illustrés de dessins sur fond jaune vif. Ce jaune les identifie immédiatement : les romans policiers des éditions Ditis, collection La Chouette, édités entre 1955 et le début des années 1960. Un slogan annonce sur certains « 4 romans par mois, en vente dans les Grands Magasins à succursales multiples. » Dans la maison de la tante du Cotentin, deux séries remportent tous les suffrages, celle de Jean-Pierre Ferrière dont chaque titre commence par « Cadavres », *Cadavres en vacances*, *Cadavres en solde*, *Cadavres en goguette*… et la série des *Baron* par Anthony Morton, *Le Baron est bon prince*, *Le Baron chez les fourgues*, *Le Baron soupçonne la cloche*. La légende familiale retient qu'un jeune cousin un peu filou avait remporté un petit succès scolaire en recopiant pour une dissertation la description du magasin de bijoux et d'antiquités de John Mannering alias Le Baron. L'enseignant n'aurait rien soupçonné et accordé une bonne note au « travail ». C'est ce qu'il se disait.

Le jeune cousin avait dix-sept ans de plus que moi, nous nous sommes parfois croisés dans cette vie, jamais longtemps.

Chez ma tante, les romans policiers prenaient de la place. Une fois lus, ils étaient montés au grenier dans des malles et des cartons. Il n'y avait aucun livre au rez-de-chaussée de cette maison, ce qui est étrange en y réfléchissant aujourd'hui. Il n'y avait pour toute décoration que le mobilier, des meubles lourds, imposants, style « rustique campagnard » d'aucune époque ni d'aucun lieu. Seul un buffet, plus fin, plus léger, avait une histoire. L'oncle maçon en avait hérité grâce à sa marraine couturière qui l'avait fait fabriquer à Cherbourg dans les années 1920 dans le style alors en vogue. Quelque chose, enfin, nous était parvenu du passé, réfléchi, choisi, transmis. Dès l'adolescence, j'avais commencé à rechercher, à collecter ces traces infimes, ces preuves de vies antérieures, n'importe quel élément qui m'aurait permis de comprendre qui nous étions et d'où nous venions.

Mais pourquoi cacher les livres, ou du moins les faire disparaître ? Pour ne pas qu'ils banalisent les meubles, qu'ils amoindrissent leur importance symbolique ? Solides, soignés et cossus, ils étaient l'achat réfléchi d'années d'économies. Entre le papier et le bois ciré, un choix avait été fait.

Ma tante lisait beaucoup. Elle était abonnée, comme tout le monde dans la famille, à France Loisirs, fournisseur de nouveautés grand format, couvertures rigides, sélectionnées et présentées sur catalogue comme un répertoire des récits et des rêves. Il y avait des livres dans sa chambre, mais pas tant que cela, en regard de la taille de la pièce, le grenier au-dessus en recelait davantage. « Monter au grenier » était une aventure, un privilège. L'escalier qui y menait se cachait derrière une porte discrète dans la chambre et il était clos en haut des marches par une lourde trappe qu'il fallait soulever. Ce geste révélait un plancher de bois brut, des effluves de poussière sèche et de pierre pulvérulente, une lumière franche et pourtant insuffisante, dispensée par un vasistas exposé au nord. Les cartons et les valises qui contenaient les livres avaient été repoussés sur les côtés, recouverts par des débris d'enduit qui tombaient des murs. Plus que rangés et oubliés, ils étaient reniés. Ces livres remisés, Librairie des Champs-Élysées, Librairie Gründ, collection Scotland Yard, éditions Ditis et quelques autres, semblaient dater d'une autre époque, d'une jeunesse et d'un mode de vie révolus. Un jour, un indice s'est glissé au hasard d'une conversation. Il se pourrait que ce fut d'abord la grand-mère maternelle qui appréciait et achetait ces livres.

La grand-mère, rare souvenir d'une vraie gentillesse, sans contrepartie ni menace larvée, menace d'une moquerie ou d'une humiliation, monnaie courante aléatoire avec cette partie de la famille.

La grand-mère avait vécu dans cette maison, son mari également (que je n'ai pas connu), mais elle ne leur appartenait pas. La famille s'était reformée à cet endroit à la fin des années 1960, à moins que ce ne fut avant, au cours de la décennie, ou dès la fin des années 1950. Même une simple chronologie, ici, avait sa part de mystère. L'une de ses trois filles, la tante du Cotentin, avait acheté seule la maison et, avec ses deux enfants, y avait accueilli ses parents et son frère, l'oncle maçon. « Pourquoi ? » restera une question à laquelle il ne sera jamais répondu. Fut-elle seulement posée ? Les adultes savaient, ils avaient vécu le moment, mais ils avaient oublié, ou refusé par goût du secret, de transmettre l'explication, toujours cette histoire de « c'est pas tes oignons ». Comment ils avaient vécu, avant, dans le logement (maison ? appartement ?) des grands-parents, rue Vauban à Cherbourg, près de l'hôtel Atlantique, sera rarement évoqué, sinon par bribes. Mais de la jeunesse de la tante, de l'oncle, d'environ 1950 (vingt ans de la tante) et 1954 (dix-huit ans de l'oncle) à 1969 (supposé achat de la maison), il ne sera jamais question. Jamais. L'oncle semblait avoir enjambé sa vie en quatre pas : l'enfance avant-guerre, souvenirs-flashs dans Cherbourg, puis l'enfance pendant la guerre avec exode dans une ferme du sud de la Manche, un épisode tellement marquant qu'il semblait, dans les récits répétés qu'il en faisait, d'une importance démesurée en proportion de sa durée réelle. Troisième pas, le service militaire, avec un départ en Algérie, fit de lui le premier soldat de la famille directement impliqué dans une guerre du XXe siècle. Enfin, une vie de travail sur les chantiers de la région, immeubles et ponts à Cherbourg-Octeville, chantier à la Cogema, gloire à l'atome, journées qui se terminaient toutes en fin d'après-midi par un coup de klaxon devant la barrière de la maison de sa sœur pour que l'on vienne lui ouvrir. De ce dernier détail, ne rien conclure. La tante elle aussi agissait de même, elle klaxonnait pour que l'on vienne lui ouvrir. Étrange habitude, peut-être née d'une attention délicate perpétuée. Ou d'un modèle de voiture qui ne tenait pas le ralenti, qui sait ?

Entre ces quatre pas, il semblait ne pas y avoir eu d'adolescence (même si l'adolescence est un luxe contemporain), de jeunesse, d'indépendance. Avait-il au moins une fois loué un logement pour lui seul ? Comment s'était passée l'arrivée dans la maison de sa sœur ? Avait-il été invité ou la transition s'était-elle faite sous le poids de l'habitude et de la continuité ? Le point ne sera jamais évoqué, comme tant d'autres.

Pour ma tante, le vague était encore plus prononcé. Entre l'enfance et sa vie de salariée de l'hôpital maritime, propriétaire d'une maison à dix kilomètres de Cherbourg, il n'y avait rien. Vingt ans d'inconnu. Pourtant, elle avait eu deux enfants, nés au début et à la fin des années 1950, mais leur naissance fut toujours l'objet d'une prudente omerta. De père(s), il ne fut jamais question. Les faits étaient peut-être connus des adultes, là aussi aucun ne jugea bon de mettre la génération suivante dans la confidence. Les cercles du secret avaient plusieurs centres, même entre nous. La règle était simple, ce qui était tu ne devait pas être évoqué. Les secrets devaient rester secrets, sinon… Sinon quoi ? Implicite, il y avait la menace jamais exprimée mais clairement ressentie d'une colère, d'un reproche, d'un conflit, et nous ne savions pas entrer en conflit. Encore moins en sortir et pardonner. Il y avait surtout la non-réciprocité du monde des adultes sur le monde des enfants, le droit de regard absolu dans un sens, la curiosité interdite dans l'autre. La « limite à ne pas franchir » était la seule chose établie, elle entourait à peu près tous les thèmes, de la jeunesse des adultes et de l'éloignement qui s'était installé avec leurs frères et sœurs, donc, aux sentiments personnels et opinions politiques, ce qui écartait d'emblée la majorité des sujets de conversation. Que restait-il ? Les banalités sur le trajet effectué entre Orbec et Cherbourg (deux cents kilomètres, au moins trois heures en 4L, une éternité pour des gosses), les travaux sur la chaussée, les transformations et les aménagements des villes. Et quand le combustible venait à manquer, il y avait toujours la possibilité de se retourner vers (ou contre ?) les enfants, pour les tarabuster, les critiquer, les moquer. Ainsi se passait un bon moment en famille.

La situation était assez ironique si l'on pense que la passion familiale la mieux partagée touchait justement les romans policiers, les films policiers. C'étaient les œuvres lues, achetées, empruntées à la bibliothèque, choisies sur le programme de télévision, de préférence à tout autre genre. Là, l'interrogation et l'enquête devenaient un sport imaginaire stimulant, un jeu qui permettait de faire briller son intuition et ses capacités d'analyse. Des jugements sur des situations, sur des héros de films ou de livres étaient énoncés, haut et fort, mais attention, l'enquête toujours recommencée concernait *uniquement* les personnages de fiction, pur exercice théorique, et ne devait surtout pas approcher les vivants, car « toute ressemblance avec des personnes existantes ou ayant existé... » bien que fortuite et rare, était soigneusement contournée dans un silence prudent.

C'était l'apprentissage in vivo de l'hypocrisie, « non, je n'ai pas saisi cette allusion tellement ressemblante avec des propos ici tenus, mais aussi, je m'applique à montrer que je ne fais surtout pas de lien, que je suis bien au-delà de l'ombre d'un rapprochement». Réalité et fiction étaient soigneusement tenues à l'écart l'une de l'autre, la réalité strictement limitée à son agencement de faits concrets, de matérialité dénuée de tout sentiment. Passer la surface des apparences, réfléchir à la nature des choses, dévoiler ses pensées profondes, était interdit.

Néanmoins, cette maison du Cotentin avait son charme, un jardin soigné et organisé qui fournissait des quantités de fèves et de haricots pour les conserves, des pommes, des cassis ou des gradilles pour les liqueurs et les confitures (le normand est simple, les groseilles « à maquereau » sont des « groseilles », les groseilles rouges ou dorées sont des « gradilles »). C'était une forme d'abondance que nous n'avions pas dans le pays d'Auge. À l'intérieur, chacune des pièces existait comme un îlot séparé des autres : une vaste cuisine lumineuse, une salle à manger sombre et encombrée, une chambre de chaque côté de la maison avec chacune son escalier d'accès. La salle de bains et les toilettes étaient sur l'arrière de la cuisine, à chaque extrémité du premier cellier. « Cellier », ce mot aussi était unique et propre à la maison du Cotentin, nous n'avions pas de « cellier » dans le pays d'Auge. Ce cellier était si sombre et si frais que j'avais à chaque fois l'impression de quitter la lumière et la sécurité pour passer dans des coulisses où le pire serait possible.

Le deuxième cellier, encore plus frais, était à la fois un atelier et un garde-manger, il menait à la serre, espace intermédiaire entre le dedans et le dehors, la maison et le jardin, là où s'entremêlaient des objets des deux origines, le linge à sécher comme les semis pour le potager. La serre avait deux portes sur l'extérieur, l'une était proche du jardin, l'autre donnait sur l'arrière-cour et une section de chemin qui ne menait nulle part. Contrairement à notre maison du pays d'Auge, où les espaces s'imbriquaient les uns dans les autres, à la façon des poupées russes, la maison du Cotentin semblait faite d'une succession d'arrière-plans, une façade sur cour et jardin dissimulant une perspective de craintes et d'inquiétudes. C'était la maison de la joie, des vacances d'été ou de Noël, la maison des gourmandises avec des bonbons au coucher, des biscuits et des gâteaux, c'était aussi le lieu où il fallait se soumettre à la critique et à la moquerie permanente de l'oncle, sans pouvoir compter sur le soutien des parents qui soudain changeaient de camp ou faisaient semblant de ne rien entendre. C'était la maison dont le grenier recelait un trésor d'évasion, le Londres élégant et filou d'Anthony Morton, l'Orléans suranné et perfide de Jean-Pierre Ferrière, mais la maison où il ne fallait pas poser de questions.

Les jours d'été se passaient au rythme des après-midi à la plage et des soirées sous la lampe avec John et Lorna

Mannering, avec Berthe et Blanche Bodin. Marée haute, marée basse, jour, nuit, alternance des vacances où l'on se demandait à quel moment la flèche empoisonnée serait décochée.

Il m'a fallu du temps pour comprendre que le surnom donné à ma mère par son frère, « la Colonelle », pour se moquer de l'autorité qui émanait d'elle et faisait régner sur notre maisonnée du pays d'Auge un sentiment de crainte diffuse, venait des romans de Jean-Pierre Ferrière. Surtout, je n'avais pas compris à quel point ce surnom était désobligeant. La colonelle est une relation des sœurs Bodin, veuve d'un militaire, elle est cassante, exigeante, bornée et tyrannique, une caricature de femme à poigne. Le portrait était à charge. Appliqué à ma mère, il était cruel, elle dont la défense consistait parfois en un « je ne veux pas qu'on me juge », aussi inattendu et fier qu'indirect. Je ne comprenais pas cette phrase. Où y aurait-il eu matière à jugement dans sa vie sage, ordonnée et de plus en plus écrasée par le travail ? Pour les habitants de la maison du Cotentin, la réponse était : partout. Rien dans la vie de quiconque n'était satisfaisant. La réprobation systématique s'insinuait dans tous les détails ordinaires, le choix d'une tenue, le choix d'une voiture, le choix d'une opinion (même gardée secrète, cette dernière était devinée, attribuée, assénée). La moindre des pensées, la moindre attitude étaient l'objet de tels examens et de tels jugements défavorables qu'il fallait bien en conclure que rien ni personne n'échappait au nihilisme de leur point de vue.

Il me fallut là aussi bien des années avant de commencer à deviner, ou du moins pour commencer à espérer, que cette critique permanente n'avait peut-être rien de personnel. Qu'il s'agissait, non de nos petites vies, mais de l'existence en général, d'une déception et d'une amertume face à ce qui était advenu et qui avait déçu, face aux circonstances qui s'étaient imposées, abrasives ; la guerre, la pauvreté et ses griffes de honte, la mentalité des années 1950 dans une presqu'île en forme de bout du monde, le travail acharné et ingrat pour créer un havre de confort et de sécurité. Non, probablement rien de personnel, sauf les dégâts causés par ce flux d'acide et de noirceur permanent qui venait battre en brèche les rires et la joie, le repos et le bien-être, la fraîcheur du vent d'ouest, la lumière du Cotentin et le moindre rêve.

Les plages du Cotentin

D'abord, la lumière, intense, sculptée par les nuages. La côte, déchiquetée en petites criques et ports minuscules, dominée de falaises et de roche, parfois adoucie de rubans de plages de sable blond et de bruyères en fleur.

À l'est, c'est la douceur d'un bocage maraîcher, un nuancier de verts foisonnants entrecoupé de landes à genêts et de vallons sauvages.

À l'ouest, la lande et les sables s'imposent, contenus par des murets en pierres sèches. Les arbustes, acrobates immobiles, sont coiffés à l'horizontale par les vents venus de la mer. Dans la Hague, les plages se méritent. « Descendre » à Digulleville ou à Herquemoulin, n'est pas une image, une façon de parler. Les plages (de rochers) s'atteignent par de longs chemins pentus ou par un escalier. On n'y va pas pour se baigner en vacanciers ordinaires, mais pour la pêche à pied. Peu importe que depuis quelques années la Cogema ait implanté ses blocs de béton et ses blocs de mystère au milieu de la lande. Ce qui ne peut se combattre (et ne doit, selon l'oncle qui a travaillé à ces constructions, « c'est ça ou l'âge des cavernes ») s'ignore. La toute-puissance de l'atome ne se conteste pas, pas plus que l'autorité familiale ne se critique. L'obéissance est une vertu.

Après le granit, Vauville ouvre une parenthèse d'espace et de rêve. La plage est immense, dominée par un prieuré au sommet d'une colline exposée à tous les vents.

Rêve d'Écosse ou d'Irlande, vie secrète des vallons.

Clôtures et barrières marquent la limite entre les prairies et les landes. Deux mondes, deux modes de vie. Exploitable-inexploitable. La beauté n'a pas de normes, courbes des collines, velours mauve des bruyères, jaune cinglant du genêt, roche et eau partout.

Plus au sud, Barneville-Carteret illustre ce que le mot « balnéaire » peut avoir de civilisé, de purement oisif, option monnayable : villas, magasins, terrasses de cafés, navigation de plaisance, belles voitures et parasols.

À partir de là, vers le sud, les plages infinies, coupées de havres, offertes aux galops des chevaux, se déroulent jusqu'à la baie du Mont-Saint-Michel.

Nos loisirs de vacances étaient modestes, après-midi en bord de mer, pique-nique dans la glacière, sable dans la confiture de cassis, peu de baignade *(ne savions pas nager, peur atavique des courants et des marées, trop froid)*. Ces moments étaient les seuls dédiés à l'immensité, soustraits à l'emploi du temps chronométré, régulier jusqu'à la rigidité, même en été, repas à midi et vingt heures tapantes, collation à seize heures. Combien de rêves offerts aux lointains, à l'inaccessible, Jersey, Guernesey, Aurigny, à leurs silhouettes d'escales brumeuses ? Être loin, ailleurs, là où le malentendu ne nous écraserait pas.

Éventuellement, près de Cherbourg, s'arrêter à la plage de Collignon et sa cabane à frites. Des frites pour le goûter, la transgression, si rare. La digue de l'Est qui ferme la rade de Cherbourg s'étend comme un ruban, coupée d'une passe, et reprend jusqu'à l'île Pelée et son fort inaccessible, sinon par l'imagination. De ce point, le reste de la côte se poursuit, Bretteville, Fermanville, jusqu'à Barfleur, l'autre pointe, la pointe est et ses bateaux échoués à marée basse comme de fragiles coquilles. Et sous l'eau, toujours les rochers, menace omniprésente.

La radio dans la cuisine

C'était un jour de grand soleil derrière les rideaux, souvenir de chaleur, peut-être reconstruit. Plus de quarante ans après, Wikipédia indique « 11 mars 1978 », donc les souvenirs peuvent mentir. L'instant de l'annonce reste pourtant lié à cet ensemble de sensations : le soleil, l'endroit où je me tiens, près de cette porte-fenêtre toujours close, ce jour-là ouverte, le rideau bercé par le souffle du vent et la voix dans la radio qui annonce « Claude François est mort ». Le soleil, l'information, l'instant suspendu.

Claude François, c'était la fougue, l'élégance, l'émission de variétés du samedi soir à la télévision qui faisait entrer d'un coup dans la maison de la musique, des paillettes, des costumes et de la danse. C'était aussi ses tubes à la radio, dans le flot continu des paroles et des annonces, moins sophistiqués et mystérieux que la musique américaine, moins « adulte » que les autres chanteurs français, Michel Delpech, Maxime Le Forestier, Eddy Mitchell, mais tellement proche : une grande personne qui jouait, sautillait, bondissait comme un enfant, en restant toujours impeccable et joyeux. Ce jour-là, le poste annonçait que cette euphorie n'était plus et tout d'un coup, la mort était partout. Elle n'était plus seulement dans ma chambre, au premier étage de la maison, où la grand-mère maternelle adorée, en visite pour les fêtes de fin d'année, était morte trois mois plus tôt, mais elle pouvait frapper à nouveau n'importe où, n'importe quand, même au milieu des rires et des paillettes.

Le rideau était joli dans la lumière, balancé dans le courant d'air d'une porte qui ne serait plus jamais ouverte par la suite, figée par ses bois déformés, mais un autre niveau de réalité venait de faire son entrée, porté par les ondes, distribué par l'énorme transistor noir posé sur le buffet en Formica bleu ciel marbré de blanc.

Six mois après, la signature des accords de Camp David, moment proclamé comme historique, ferait aussi irruption dans la cuisine, avec à sa suite le reste de l'actualité engouffré dans un haut-parleur dont la silhouette courbe en entonnoir se devinait à l'intérieur de l'appareil. La radio prenait une place pleine et entière au quotidien, celle de la parole qui manquait, d'une explication du monde, une voix pour nous qui n'en n'avions pas.

À six heures trente le matin, les jours d'école, je déjeunais seule dans la cuisine. Les parents étaient soit déjà au travail dans la chèvrerie, soit encore couchés pour essayer de se remettre de la fatigue des jours précédents. J'allumais le poste et je me laissais porter par le flot.

Informations, jingles, publicités, tout prenait place et importance, celle de la compagnie que je n'avais pas, un courant continu porteur. Une dizaine d'années passées à adopter ces voix, ces récits, ces confidences. Si je les écoutais, c'est qu'ils m'adoptaient aussi en retour, famille de raccroc.

... Eu-ro-pe-1... Europe 1 c'est naturel...
Europe 1 c'est naturel...

La musique et les mots formaient une bulle qui m'entourait pendant au moins une heure. Je n'étais plus seule sur le chemin pour aller attendre le bus, je n'étais plus seule dans le bus pendant que les champs et les collines défilaient derrière l'écran de la vitre en direction du collège ou du lycée.

... I am a woman in love And I do anything
To get you into my world...

Le romantisme exacerbé des chansons permettait de rêver d'autres existences, un monde où l'amour et les sentiments existaient, où l'ordinaire pouvait être transfiguré par une déclaration. L'arrivée du bus devant l'esplanade du collège signait l'arrêt de mort de ces scénarios. L'écho fantôme des mélodies accompagnait d'ironie la banalité de nos journées pragmatiques, concrètes, faites d'inquiétudes scolaires, de devoirs bâclés, de crainte devant certains professeurs et d'ennui dans la cour de récréation si petite. Nous nous y promenions de long en large, comme des prisonniers à l'exercice, filles et garçons séparément dans le même espace, ségrégation colportée par l'usage et l'imitation, qu'il était mal vu de transgresser sous peine de critique, condamnation et rejet. Les rouages de la vie sociale et du qu'en-dira-t-on se grippent très tôt. Aussi absurdes soient-ils, ne pas les respecter vous exclut.

Le soir, après le bus, y avait-il à nouveau la radio ? Probablement, pour emplir l'espace d'une heure, car le règne de la télévision n'était autorisé qu'à partir de dix-neuf heures, dix-neuf heures quinze, pour jeter un coup d'œil au journal télévisé régional puis aux actualités du vingt heures, avant d'enchaîner sur le royaume de la fiction et du divertissement. La radio avait l'avantage de la souplesse et de la liberté. Un quart d'heure à meubler ? *On*. Départ précipité ? *Off*. Alors que la télévision nous asseyait et nous astreignait à une attention totale, il était possible de faire autre chose en écoutant la radio, éplucher les légumes pour la soupe, étudier quelles leçons pouvaient être expédiées, quelles leçons devaient, par prudence, être revues.

Les noms des animateurs nous étaient plus familiers que ceux de nos voisins, Pierre Bellemare, Harold Kay, Max Meynier, Maryse, Stéphane Paoli, Pierre Bonte, Madame Soleil, Albert Simon et sa voix si particulière surgie d'un espace-temps improbable et lointain. Les timbres et les dictions faisaient naître des affinités, des préférences. Certains devenaient des presque amis que l'on avait plaisir à retrouver, dont on écoutait les propos avec attention. La transformation ou la suppression d'une émission pouvait être une déception énorme, la rupture d'une douce habitude faite d'attention, de confiance et d'affinités.

C'était pourtant la radio qui nous avait amenés là, dans l'impasse, à cette masse de travail qui ne rapporte que des dettes, à la solitude partagée. Comme dans la chanson de Pierre Perret, « c'était un soir messieurs-mesdames, où la télé était en panne… ». Faute d'images disponibles dans la salle à manger, nous nous étions rabattus dans la cuisine, à proximité du gros poste de radio, comme si la perspective du silence, un soir, un seul soir, était insupportable, effrayante, comme si l'éventualité d'un repas réunis les uns en face des autres autour de la table et les yeux dans les yeux, plutôt qu'alignés sur deux côtés pour avoir tous vue sur l'écran de télévision, était impossible. Que s'est-il dit ce soir-là, en une seule et simple émission de radio ? Qu'est-ce qui a pu marquer et influencer les parents au point de changer le cours de leur vie ?

Je ne me souviens plus des mots échangés, des histoires racontées, j'ai même longtemps imaginé le nom de l'animateur, persuadée qu'il s'agissait de Pierre Bonte, dont la voix claire et l'attention bienveillante ne pouvaient pas cacher la possibilité d'un piège. Ma mère, des années après le solde de l'échec, affirma que c'était une émission de Claude Villers, elle s'en souvenait parfaitement, Ô combien. Internet, magistrat impartial, lui donna raison de façon posthume : *Marche ou rêve*, probablement en 1976 ou 1977, sur France Inter, une station que nous n'écoutions jamais.

Enchaînement des causes et des conséquences : une télévision en panne, un programme décevant sur Europe 1, la station préférée, l'écart d'un soir vers France Inter et l'écoute soudain happée par la voix de Claude Villers, cela s'appelle un destin, paraît-il. Car si je ne me souviens pas de ce qui s'est dit, je me souviens des conséquences de l'émission, le contact pris avec l'homme interrogé, un éleveur de chèvres d'Indre-et-Loire au prénom de prophète, la visite chez lui pour parler entre grandes personnes de perspectives et de possibilités pendant que les enfants, accompagnés de la fille de la maison, vont se promener dans les anciennes carrières inondées. À cet endroit, les champs étaient immenses et plats, la lumière franche et la limite invisible de deux départements traversait la cour de la ferme. Tout était joli, propre et net, la possibilité de la pluie et de la boue ne semblait pas exister. Ce fut l'une des rares fois où nous sommes allés chez quelqu'un que nous ne connaissions pas, la première et la dernière fois où nous avons pris tous les quatre ensemble ce qui ressemblait à un « week-end ».

L'autre conséquence directe de l'émission, puis du voyage, fut l'arrivée d'un bouc et de deux ou trois chèvres à la maison. Il y en eut cinq, puis dix. Le changement de vie commençait à se manifester, le hobby devenait un métier pour deux personnes. Il y eut un bâtiment construit pour accueillir quarante chèvres, avec les ouvertures pour installer toute la modernité par la suite, un accès pour un tracteur, l'emplacement d'un quai de traite mécanisé, l'agrandissement futur envisagé dès le départ.

La modernité n'arriva jamais, faute de moyens pour investir, laissant les parents dans un entre-deux intenable. Il y avait trop de chèvres, en traite manuelle deux fois par jour, pour se libérer un seul instant de l'astreinte du travail, mais pas assez pour en tirer un revenu à vivre. Ce fut donc rapidement le début d'une fuite en avant. Pour compléter l'offre sur les marchés, les parents ont vendu d'autres fromages de Normandie, camembert, pont-l'évêque, livarot, des œufs, des volailles, donc dépendu d'autres fournisseurs ; pour aller plus loin et faire d'autres marchés, ils ont acheté un petit camion réfrigéré. Les dettes se sont accumulées pendant des années, jusqu'à ce que la situation implose.

Au fil de ces années, la radio, celle de la cuisine, celle posée dans la chèvrerie ou déplacée dans la fromagerie, a égrené ses publicités énergiques pour le bonheur de vivre et de consommer, nous a cernés de ses mélodies toniques. Nous étions baignés d'une gaîté forcée qui n'était pas la nôtre. Le monde s'agitait, dansait et festoyait dans une dimension parallèle pendant que nous coulions dans un silence angoissé, parfois entrecoupé de bris de vaisselle et des brefs éclats de voix du père dans ses crises de colère et de désespoir, aussi éruptives qu'inattendues.

Pourtant, au-delà des murs, à l'autre bout des ondes, il y avait d'autres vies, d'autres langues. Une molette sur la radio permettait de partir à la découverte d'autres fréquences, d'autres pays. Du grésillement incertain surgissaient des voix d'Europe centrale, de Russie peut-être, des bribes d'Allemagne ou d'Italie, des mots volés au silence qui rappelaient que oui, il y avait bien d'autres horizons. J'aimais tomber sur le générique (Marc-Antoine Charpentier, *Te Deum* H 146) qui annonçait la diffusion internationale d'un concert, avec la liste des pays récepteurs énumérée. J'aimais imaginer qu'au même instant, en Roumanie, quelqu'un était assis comme moi dans sa cuisine et écoutait le même concert. Quelle était la vie de cette personne ? Vivait-elle à Bucarest ou dans une autre grande ville ? À la campagne ? Vivait-elle aussi dans des meubles en Formica bleu ciel, buffet, table et chaises assorties ? Sa vie, imaginée, imaginaire, était une échappée, une communion illusoire.

J'aimais écouter la BBC quelques instants, sans rien y comprendre, juste le temps de saisir la diction musicale, l'élégance du phrasé, le rythme des mots, dont l'un, parfois, se détachait, soudain compris, fracturant le bloc d'inconnu comme une pépite qui se détacherait de la masse de la falaise. Écouter la BBC, c'était faire quelques pas vers l'autre rive, celle si proche dans le monde réel, de l'Angleterre. Il s'agissait d'écouter quelque chose, de meubler le silence, de ne pas voir la fenêtre de la chèvrerie brisée dans un geste de colère du père lors d'une dispute, la fragile porte entre la cuisine et le corridor marquée d'un trou là où son coup de poing rageur s'était enfoncé. Il fallait bien cohabiter avec ces traces qui subsistaient, comme cette corde pour se pendre attachée plusieurs jours de suite à une poutre, archéologie de la menace. Les tentatives de suicide du père étaient imprévisibles, tout comme les cibles de son exaspération. Les parents, deux enfants, l'angoisse, la rancune, la déception, le silence, c'était trop d'habitants pour une seule maison.

La joie continue de la radio commerciale ne suffisait plus à colmater le tout,

... Sweet dreams are made of this,
who am I to disagree? ...

d'autant plus que l'angoisse s'infiltrait par ce canal-là aussi. Il y eut l'épidémie de fièvre aphteuse en Normandie et en Bretagne, la sensation de catastrophe qui s'approche, l'isolement des fermes imposé, les abattages d'animaux, la chaux vive répandue sur certaines routes et certaines entrées de fermes pour limiter la propagation du virus par les véhicules. Le récit se doublait alors des images à la télévision régionale, dans des paysages si proches, où des gens semblables à nous étaient frappés.

Il y eut aussi par une belle journée d'été la nouvelle du suicide d'une agricultrice à l'autre bout du département. Pourquoi fait-il toujours beau quand la mort s'annonce? Je me souviens de la brièveté de la dépêche, elle se serait jetée dans une mare. J'y pensais encore alors que j'allais m'allonger dans une chaise longue sous un arbre, avec un livre à lire. Mourir noyée dans une mare, une fin tellement dans le ton des nouvelles de Maupassant, le triomphe de la volonté d'en finir, le désespoir absolu. Le journaliste faisait le lien avec le problème des quotas laitiers, la détresse économique et sociale que cela entraînait dans les campagnes. À cause de cela, de ce que je voyais à la maison, de cette annonce et de l'image rémanente de la corde attachée à la poutre, j'ai lié très tôt l'agriculture et la mort, la mort des animaux, l'épuisement des agriculteurs, la menace de leur mort aussi, l'anéantissement toujours possible par épidémie, catastrophe naturelle, météo désastreuse. J'étais allongée dans cette chaise longue en toile, adolescente attentive au soleil pour essayer de bronzer, puisqu'il paraissait important de faire attention à sa peau dorée pour « un été au cœur de la séduction »

… T'es O.K., t'es bath, t'es in…

et je pensais à la mort. Des oiseaux chantaient dans la haie, des insectes bruissaient, bourdonnaient, la réalité avait plusieurs épaisseurs d'inquiétude.

Notre vie d'alors était un mouvement à engrenages lents. Rien ne semblait bouger. Nous étions prisonniers de la répétition du même, chaque mois, chaque année nous poussait vers la catastrophe redoutée.

Comme esquives et interludes ces années-là, il y eut la joie inattendue de deux voyages scolaires en Angleterre, l'autre rive de la radio, immersion en terre étrangère où je découvrais un piano droit dans chaque maison, la perfection paysagère du Devonshire et des cottages, la langue de la BBC parlée partout, les corbeaux de la tour de Londres, les bijoux de la Couronne, l'éblouissement.

Il y eut aussi la parenthèse des vacances dans la Drôme avec H., l'amie très chère, ses parents, dix jours dans des paysages à l'exact opposé de la Normandie, pierres, chaleur sèche, sérénité, un endroit où comprendre – et commencer à dire, enfin – que ce qui se vivait dans la maison au bout du chemin bordé de houx et d'aubépines était difficile.

Il n'y eut pas de radio cette semaine-là, mais un concert classique en plein air. Dans de vraies arènes ? Sur de banals gradins ? La mémoire achoppe, peu importe. La prestation de la jeune cantatrice fut un moment parfait dont il ne me reste aucun son, aucun nom, sauf la sensation de plénitude, de complétude pour la première fois. Encore une autre rive à portée de main.

Après cet épisode, l'attente (de la catastrophe) ne fut plus la même. Les pièces sur l'échiquier bougeaient avec une évidence qu'il était impossible d'ignorer, URSSAF, Mutualité sociale agricole, dettes, mésentente… Les repas devenaient lourds de non-dits, nous affichions des visages « *Poker Face* », fruits d'années d'entraînement à nous cacher les uns des autres. Les blagues de Jean Roucas, les « Roucasseries », diffusées le midi, même drôles, ne nous arrachaient pas l'ombre d'un sourire. En rire aurait montré un aspect de notre personnalité que chacun souhaitait garder secret. Ne rien dévoiler, éteindre les émotions, une question d'habitude. De dressage.

Ce fut un temps où le monde de la radio n'eut plus rien à voir avec notre réalité. Les jingles entraînants n'étaient que des masques hurlants sur les silences de la maison, jusqu'à ce geste de trop du père qui a achevé l'effondrement.

Off. Silence radio.

Nationale 13

Orbec-Cherbourg – Cherbourg-Orbec.
Vallée de l'Orbiquet, tes virages sont si connus qu'ils sont à peine mouvement.

Il faut être sorti de Lisieux pour avoir l'impression de commencer à voyager enfin. Au fil du temps et des trajets répétés, des repères s'impriment dans la mémoire : la vieille horloge à l'heure figée, à l'angle d'une maison à colombages à Cambremer, la côte de Notre-Dame-d'Estrées qui nous fait quitter la dernière colline du pays d'Auge pour nous déposer devant le long ennui de la plaine de Caen.

Mornes alignements de façades dans les bourgs traversés, pauvres bosquets repoussés en limite du paysage pour laisser seule place aux champs immenses. Campagne industrielle, nature morte.

Le temps commence à durer mais cela ne se dit pas,
pas maintenant,
pas déjà,
la plainte ne serait pas recevable.

À Caen, il faut franchir l'obstacle le plus redoutable, le viaduc de Calix. Son nom d'aristocrate espagnol et sa silhouette de tremplin bossu en font un personnage à ne pas négliger. Il pourrait nous propulser directement vers les trois citernes qui se tiennent à main droite. Elles sont légèrement en contrebas de façon à ne laisser entrevoir qu'une partie de l'intérieur et imaginer le pire quant à leur contenu, comme une piscine de pétrole visqueux dans laquelle une voiture s'enfoncerait dans des *plop* de bulles molles.

La menace d'un vol plané à peine écartée, il faut ensuite franchir le canal et l'Orne alors que le viaduc est à son point le plus haut. En réchapper est à chaque fois un miracle renouvelé et un soulagement. Après cette aventure, il faut attendre plusieurs kilomètres pour que l'ennui revienne faire son nid. À un moment ou à un autre, les enfants vont entamer leur guerre d'usure faite de grimaces de défi, de répétitions de phrases ou d'envahissement sournois du territoire de l'autre, frère ou sœur, par un pied ou une jambe hostile, destiné à faire enfin éclater l'éternel conflit larvé et à donner voix à la fatigue, à l'ennui et à la jalousie.

Le voyage ne connaît aucun arrêt, sinon exceptionnel.
Le voyage ne connaît aucun détour.

Bayeux nous donne l'expérience de la ville sans la ville. Le boulevard circulaire nous fait frôler la gare, passer entre les pâturages inondables le long de l'Aure et quelques belles maisons cachées dans des parcs, puis traverser le cimetière militaire britannique.

Alignements de croix blanches.
Soin solennel apporté au moindre brin d'herbe.
Le temps et l'espace sont figés.

Un dernier rond-point nous expulse de la ville et la litanie des tristes villages alignés en bordure de route reprend. Les maisons, par ici, ont le décati modeste, une simplicité que n'avaient pas celles de la plaine de Caen. À Tour-en-Bessin, on l'ignore alors, la quête généalogique n'est pas entamée, nous frôlons la terre natale des ancêtres de la grand-mère maternelle. Duval, Adam et Tabourel de Commes, nous ne vous connaissons pas encore et nous passons dans l'ignorance de vos vies antérieures.

Pour l'année 1840, du vingt-deuxième jour du mois de mai... Acte de décès de Jean Duval décédé subitement sur la route de Port-en-Bessin... Âgé d'environ soixante ans, né commune de Commes... a été trouvé route de...

Jean Duval, désigné comme « maçon, fourrier, et quelque fois marin enfin toute sorte d'état » sur l'acte de décès de sa fille Eugénie, à quatorze ans en 1836, était né en 1792. À quarante-huit ans, il paraissait « environ soixante ans ».

Autres vies, autres misères.

La Cambe, en une longue ligne courbe, nous ramène (encore) vers la Seconde Guerre mondiale. Son cimetière militaire allemand borde la route, parsemé de lourdes croix sombres. Les arbres, les brins d'herbe sont là aussi tenus sous surveillance, nouvelle bulle de temps figé, plus vite dépassée.

Isigny commence enfin à nous parler de l'approche de la Manche. Dans la patrie de la crème fraîche et du beurre fin, nous ne pensons qu'aux caramels.

Que cette route est longue, interminable.

Carentan, mairie immense, logée dans un château austère, trace de richesse ancienne colonisée par le quotidien administratif moderne. Les marais qui cernent la ville, vus de loin, sont décevants, ennuyeux. L'habitude des collines donne le goût de la variété et des surprises.

L'église de Montebourg, pour notre plus grande joie, s'est longtemps dressée droit dans l'axe de la route, jusqu'à la création de la quatre-voies qui a déplacé le point de vue. Le jeu des enfants : « On va s'écraser sur l'église, on s'approche, on s'approche, bientôt… et non, pas cette fois, elle s'est encore écartée… » La traversée de Montebourg est comme celle à tâtons du couloir démesuré d'une maison immense. Large et longue petite ville, comme un désert de pierres.

Peu à peu, nous retrouvons un paysage d'arbres, de courbes et de collines. Valognes est un signal, celui de l'arrivée prochaine et du début de l'appréhension. Ce voyage si long, cet ennui tenace dont on croyait souhaiter la fin plus que tout devient, par une soudaine inversion du sablier, presque trop court.

On n'en a pas assez, quelques kilomètres supplémentaires éloigneraient encore un peu la réponse aux doutes et aux craintes.

Joie jamais pure.
Joie et appréhension toujours mêlées.
Joie du voyage, du changement,
Méfiance envers les adultes.

À un moment, la voiture quitte la nationale 13, s'engage sur les petites routes du réseau secondaire, puis plus loin encore, dans les capillaires, au cœur du bocage. Sous peu, nous serons arrivés. Le doute cessera, de l'idée au réel, nous vivrons dans la maison du Cotentin ce qui paraît-il s'appelle « la vie de famille ». Les ogres sont tout puissants, mais parfois ce que l'on redoute le plus ne se produit pas.

Le foulard de ma grand-mère

C'était un jour de rangement. Ma tante avait décidé d'ouvrir la grande armoire de sa chambre et de faire du tri. Être là, c'était être témoin de quelque chose de rare et de mystérieux. Cette armoire était d'une taille qui aurait été démesurée si la chambre elle-même n'avait été très grande, assez vaste pour contenir une autre armoire, deux grands lits, une large commode aux profonds tiroirs et paraître encore assez spacieuse pour ajouter un fauteuil, une table basse et un tapis sans qu'elle paraisse encombrée, au contraire. L'armoire contenait une quantité assez inédite de draps blancs et de vêtements inconnus, jamais portés, jamais vus sur personne, laissant supposer une vie antérieure, une famille-fantôme, des gens qui auraient disparu sans laisser d'adresse ni d'autres traces que ces reliques enfermées derrière ces portes. Ces vêtements semblaient n'avoir pour but que d'être là, d'emplir l'espace de l'armoire et de constituer par cela une réserve, un « trésor » que ma tante avait décidé ce jour-là d'explorer, d'évaluer. J'allais assister à l'événement.

Elle ouvrit la première des quatre portes du navire-armoire. Ses cales étaient pleines, l'abondance était à bord, et pourtant, plus rien ne semblait intéresser le capitaine. Ma tante méprisait ce qu'elle trouvait là, entassé. Elle avait cette étrange habitude familiale de longtemps garder une chose pour finir par la jeter comme si elle n'était rien. « Si ce n'était que moi… », « s'il n'y avait que moi… » étaient des phrases souvent prononcées, laissant entendre qu'elle n'était pas libre dans sa propre maison, empêchée dans ses décisions et dans sa volonté et pourtant traversée par l'envie de tout éclaircir, de ne pas se laisser entraver par la nostalgie et les sentiments.

Ce jour-là, nous étions seules dans la grande chambre lumineuse. Allions-nous retrouver des trésors oubliés, glissés entre les piles ? Des bijoux ? De l'argent ? Je ne m'en souviens pas car très vite, parmi les premiers chiffons tombés au champ de l'oubli, je venais de reconnaître un carré noir avec un motif cachemire tissé en blanc, le foulard de ma grand-mère. Au milieu de l'inconnu surgissait le connu. Ma tante ne l'avait-elle pas remarqué ? Non, elle semblait indifférente à ce qui, avec le temps, lui était devenu étranger. Le foulard de sa propre mère ? Je repêchais la relique avant qu'elle ne soit engloutie sous d'autres vêtements. Je fis connaître ma découverte. Ma tante a acquiescé, c'était bien le foulard de ma grand-mère. L'information lui paraissait aussi anecdotique qu'elle m'était essentielle. Quelque chose de ma grand-mère. Je suppose que j'ai dû demander la permission de le garder puisque je l'ai toujours avec moi et que je le déplie parfois en me disant « le foulard de ma grand-mère ». J'ai probablement dû poser une question simple du style : « Est-ce que je peux le garder ? », exercice difficile dans une maison où je m'étais déjà vu refuser une chose justement parce que j'osais la demander. « Tu ne demandes pas. Tu auras ce qu'on te donne », ce qui, au moment de Noël, n'allait pas sans anxiété et parfois, sans déception.

Là, il fallait être claire, sauver l'objet, sauver mon souvenir. Je le fus. De ma grand-mère, je n'avais que des bribes de souvenirs, les cartes qu'elle m'envoyait pour mon anniversaire, nos rares rencontres, deux ou trois fois par an. Deux cents kilomètres nous séparaient, à une époque où l'on ne téléphonait pas aux enfants, où les adultes se téléphonaient entre eux pour « prendre des nouvelles », pas pour le plaisir de bavarder. Il fallait de l'efficacité, le téléphone, facturé à la minute, coûtait cher. Les raisons pratiques dominaient : organiser la prochaine venue, le prochain Noël, la déception si nous ne pouvions pas aller dans la Manche pour les fêtes. Nous étions alors renvoyés à notre solitude à quatre, à l'impossibilité d'inventer un bon moment tous ensemble qui nous soulèverait du quotidien pour mieux nous y redéposer après une parenthèse de légèreté et d'amusement.

Ma grand-mère avait l'avantage du silence serein. Ses cheveux blancs et bouclés lui faisaient une couronne lumineuse et d'elle, je ne me souviens d'aucune parole désagréable, désobligeante. D'elle, je me souviens de sa main sous le bord de la nappe pour me donner la fève de la galette des Rois. D'elle, je me souviens de si peu de choses, dont ce foulard discret. Elle est morte lorsque j'avais à peine neuf ans. Nous n'avions eu que quelques années et quelques rencontres en commun. D'elle, je ne me souviens pas à Noël, d'elle, je ne me souviens pas à Pâques, d'elle, je ne me souviens pas beaucoup pendant les vacances d'été. D'elle, je n'ai gardé qu'une impression de douceur et de bonté un peu abstraite, souvenir précieux. Mais qui était-elle ?

Ça n'est que vingt-cinq ans après sa mort que j'appris qu'elle avait eu un métier : tapissière. Où et quand avait-elle exercé ? Mystère. À Cherbourg probablement, mais avait-elle continué à travailler après son mariage, après la naissance de ses deux filles aînées, de son fils, sept ans plus tard, ou après la naissance de ma mère, encore six ans plus tard ? Les questions me sont venues progressivement, à l'occasion de la grande quête généalogique de l'oncle.

J'étais à l'origine de cette curiosité sans fin sur nos origines, qui donna soudain un but à l'oncle retraité, à raison de deux sorties par semaine pour aller consulter les archives d'état civil. Une année, à Noël, faute de moyens pour un cadeau coûteux, j'avais opté pour l'astuce, je lui avais offert une petite affiche ornée d'un arbre à compléter. Le résultat dépassa toutes mes attentes. Pendant des années, il compila soigneusement nos lignées et nos collatéraux, emplit des classeurs de copies d'actes de naissance-mariage-décès, dessina des arbres, s'initia à l'informatique pour tenter de maîtriser les milliers de noms surgis du passé. La quête généalogique entassa une vérité administrative qui ne disait rien des êtres, ou si peu, mais elle fut précieuse, éclairant l'obscurité des origines et nous replaçant dans un fil chronologique et dans des lieux que nous regarderions désormais d'un autre œil.

Mais à quoi bon savoir que les deux branches de la famille maternelle venaient des environs de Port-en-Bessin (Calvados) et de Saint-Michel-de-Montjoie (sud de la Manche), où les ancêtres avaient été maçons, ouvriers agricoles, tailleurs de pierre dans les carrières de granit ou papetiers dans les moulins sur la Sélune, où les femmes avaient parfois été dentellières mais le plus souvent « occupée en son ménage », si je ne savais même pas qui avaient été mes parents les plus proches ? Le XXe siècle et la Seconde Guerre mondiale étaient les fractures de notre mémoire.

Je posais quelques questions avec une prudence héritée d'années de « c'est pas tes oignons », je collectais les bribes d'informations, les additionnais. Avec le temps, l'oncle semblait plus enclin à évoquer des souvenirs d'enfance, parfois tempérés, ou acidifiés, d'une précision de la part de sa sœur. De ces récits, surtout consacrés à leur père, je ne pouvais m'empêcher de deviner le portrait d'un homme désagréable, cassant, autoritaire, exerçant sur sa famille le monopole d'un règne cinglant. Il était né prématuré en 1899, tenu au chaud dans une boîte à chaussures, avec pour berceau le tiroir entrebâillé d'une commode. Des circonstances de sa naissance, il avait conservé une petite taille et une jambe légèrement déformée. Est-ce cela qui avait influencé son caractère ? Orphelin de mère à l'âge de neuf ans, il avait été élevé par la seconde épouse de son père et, à vingt-neuf ans, il avait épousé ma grand-mère, elle-même orpheline de mère, élevée par la seconde épouse de son père. La coïncidence était émouvante, elle laissait supposer une communauté, une compréhension mutuelle, mais pouvait-on en tirer des conclusions ? Et surtout, par ces multiples anecdotes sur les coups de gueule du grand-père, ses idées tranchées et ses phrases définitives, quelles hypothèses pouvais-je bâtir sur la femme qui avait partagé la vie de cet homme ? Quel portrait en creux pouvais-je esquisser ? Celui d'une femme soumise ? Celui d'une femme qui esquive ? Celui d'une femme qui, ayant tout autant de caractère et de personnalité, ne voyait pas ses certitudes entamées par les éclats de son mari ? Pourquoi y avait-il si peu de souvenirs et d'anecdotes la concernant ? Est-ce que la bonté, comme le bonheur, n'aurait pas d'histoire ? À moins que, cantonnée au foyer, lieu de la banalité et de la répétition des gestes et des tâches, elle n'ait fini, comme tant de femmes, par devenir un élément du décor domestique dont on ne s'inquiète ni des goûts, ni des opinions. Aujourd'hui, il ne reste que des questions et personne à interroger.

Lorsque je regarde la seule photographie que j'aie de ma grand-mère, accompagnée de mon grand-père, je vois une femme à laquelle j'aimerais ressembler, droite, simple et élégante avec son manteau soigneusement boutonné, un foulard noué dans l'encolure et les anses d'un sac passées au poignet gauche. Elle sourit presque, son front légèrement plissé pourrait tout autant indiquer un soupçon de perplexité comme une ironie à peine dissimulée.

À sa droite, son mari se tient renfrogné sous sa casquette, engoncé dans une veste passée sur un lainage épais boutonné jusqu'au cou. La main droite dans sa poche, il paraît s'adosser contre la voiture. Sa main gauche, libre, se détache dans l'ombre de ses vêtements. Elle est si large qu'à chaque fois, j'ai l'impression de voir six doigts. Ma grand-mère et lui se tiennent dans une rue banale et laide, encombrée de voitures. À l'arrière-plan, je reconnais une 4L et le profil arrière d'une Ami 8. Le seul bâtiment visible ressemble à ces dépôts que l'on trouve aux abords des gares, qu'elles soient ferroviaires ou maritimes. Il s'agit probablement de Cherbourg, par déduction, par absence d'autre idée, même si rien ne permet d'en être sûr. Jamais je n'ai entendu dire que mes grands-parents aient voyagé, en dehors des années de guerre où ils se sont repliés d'abord près de Valognes puis dans le centre-Manche, entre Saint-Lô et Carentan, si l'on peut appeler « voyage » un repli. L'image renforce quelques hypothèses, mais ne dit rien, vraiment, de ce qui fut. Retour case départ, aux miettes de souvenirs. Cherchons un autre angle, celui de la transmission, de l'influence…

« Ta mère, elle a toujours été comme ça, elle ne parlait pas », me dit ma tante au cours d'un autre été. C'était donc une enfant silencieuse, une jeune mariée qui n'avait rien à dire. Elle pouvait venir rendre visite à sa sœur et ne pas ouvrir la bouche de l'après-midi.

(Tiens, apprendre en passant que les parents, après leur mariage, avaient vécu dans telle maison, à cinq cents mètres de celle-ci, maison devant laquelle nous sommes souvent passés. Comme d'habitude, personne auparavant n'a jugé l'information assez intéressante pour l'offrir aux enfants.)

Mais d'où venait ce silence, qui le lui avait inculqué ? Était-il imposé par ses parents, donc pour partie par cette grand-mère que j'idéalise peut-être ? Était-il un choix ? Ou était-ce simplement le résultat d'une déduction, le fruit d'une observation répétée où le seul constat qui s'imposait était que, enfant et fille, elle n'avait doublement pas voix au chapitre ?

La hiérarchie de la parole était bien implantée dans la famille des années 1970-1980, les hommes parlaient parce que leurs sujets étaient plus importants, plus intéressants. Ils parlaient de construction, de fondations, de murs en agglo, d'art du coffrage, de béton armé, de capacité des bétonnières, puis ensuite, éventuellement de menuiserie, de rabots, de ciseaux, de précision de la coupe, de beauté des bois, ou, selon les spécialisations de chacun, d'électricité et de plomberie, mais ces pratiques, à la fois trop techniques et trop fines, étaient un peu négligées. Au sommet de la hiérarchie, la maçonnerie et l'oncle trônaient. L'oncle avait l'autorité du savoir et de l'expérience, le jugement définitif, la parole sûre et écrasante. Prenait-il la suite de son propre père ? Est-ce que dans les années 1950-1960, la conversation dominante portait sur le métier d'ajusteur, les ateliers de l'arsenal de Cherbourg, le travail du métal ? Est-ce que le silence des femmes était la seule option face au domaine étranger, un silence transmis de génération en génération dont on pourrait presque retracer la généalogie ?

Pourtant, il me revient une anecdote, un autre indice à propos de cette grand-mère dont je ne peux tracer qu'un portrait indirect. Alors que l'oncle évoquait leur enfance à Cherbourg, leur presque pauvreté rue Vauban où il n'y avait jamais de vin ou d'alcool parce que cela coûtait cher, il raconta que les enfants (lui, ses sœurs) allaient acheter de petites mesures d'apéritif au bar du coin, juste ce qu'il fallait pour offrir un verre à l'invité qui se serait présenté. Pas de surplus, pas d'excès, si loin des maisonnées actuelles où l'abondance règne jusqu'à la démesure, soulignait-il un peu amer, incluant la maison de sa sœur où il vivait depuis des années, comme s'il n'assumait pas ce confort auquel il avait pourtant largement contribué. À quoi sa sœur, ma tante, ajoutait une remarque un peu agacée sur ces gens autrefois chez eux, sur la passion de leur mère pour les jeux de cartes. Ma grand-mère avait donc des amis (tradition perdue), elle aimait s'amuser, ma grand-mère était gaie, ouverte, des gens avaient envie de venir la voir et de passer du temps avec elle. L'une de ses trois filles était peut-être la reine du silence, mais ce n'était pas son héritage à elle. Le presque sourire de la photo était peut-être la marque d'une résistance, d'une indépendance. Elle recevait des amis, bavardait, leur offrait un petit verre lorsque ses moyens le lui permettaient. Elle cohabitait peut-être avec un grincheux, mais elle vivait malgré tout.

Dans la chambre de ma tante, les vêtements continuaient à tomber au sol. Cela ne m'intéressait plus. Je tenais le foulard entre mes mains, je sauvai un peu de ma grand-mère.

Les échos du passé

La grosse. Tais-toi. Écoute. Mais tu vas te taire?
Qu'est-ce que tu fais? Rien? Tu ferais mieux de te rendre utile.
Marie-salope.
Fais attention. Godiche. T'es propre?
Qui c'est qu'a fait ça? Fais voir tes oreilles si tu t'es lavée. Tais-toi.
La grosse. Peggy. Miss Piggie. Sauticot. T'es plate comme une limande. Marie-salope. Punaise. J'veux plus vous entendre. J'veux pas l'savoir. Souillon.
T'as un nez de juive, on dirait Golda Meir. Si tu veux, j'te paye l'opération.
La sauterelle. Arrête de bouger, sauticot.
Arrête de faire le Jacques.
Bourrique. T'as l'air d'une cloche.
Reste pas dans mes pattes, pousse-toi de là.
T'as rien d'autre à faire? Y'a pas intérêt…
Marie-salope, Marie-salope, Marie-salope.

Lisieux, nord-sud

Descendre du bus, place Thiers. À sept heures quarante-cinq en hiver, il fait encore nuit. Image persistante : les pavés luisent sous les lampadaires, les grappes d'élèves s'éparpillent et disparaissent. À l'angle de la cathédrale, une ruelle mal éclairée trace la possibilité d'une échappée vers un passé lointain, flash d'imagination, facile machine à remonter le temps.

Tôt le matin, cette place est toujours déserte et l'arrivée des bus scolaires n'est qu'un bref avant-goût à l'éveil de la ville. Où aller ? Il faut occuper les quarante-cinq prochaines minutes jusqu'à l'entrée au lycée, après quarante-cinq autres minutes d'un trajet de treize kilomètres qui nous a fait nous lever à six heures du matin. Fatigue des chiffres qui marquent toute une scolarité quadrillée par les horaires et les distances, la réalité de la vie à la campagne. La ville est vide et le lycée n'offre encore aucune compagnie, aucune compagnie désirable, abordable par une handicapée de la sociabilité comme moi. Les amies arrivent par d'autres lignes de bus, depuis d'autres villages, les horaires ne sont pas les mêmes. Je suis seule, loin de la maison, c'est au moins un soulagement. La liberté s'étrenne et s'apprend dans cette brève parenthèse mesurée. Chaque matin, je pars à la découverte de fragments de ville et de morceaux de vies, volés aux écrans des fenêtres illuminées.

De l'autre côté de la place, le petit Café Français commençait sa journée, rare trace d'animation dont la lumière matinale était à la fois un appel et un regret. Dès les premiers jours de septembre de notre première année de lycée, une amie avait tenté de me rallier à l'habitude chic et décontractée d'un café quotidien là-bas. Oui, chic, cela marque une époque, nous n'étions alors pas encore « cool », et le chic, c'était cet endroit de banquettes rouges et de cuivres dorés, où un vrai serveur habillé de noir et de blanc venait vous apporter ce que vous aviez commandé. Je découvrais et aimais l'ambiance du café qui se met en ordre de marche le matin, ses bruits, ses odeurs, toutes choses nouvelles pour moi, mais la gêne me terrassait. Je voyais bien que le jeu social, pour les quelques lycéens présents, consistait à avoir l'air « à l'aise », à paraître « habitués », à mimer avec conviction une discussion, de préférence philosophique ou politique, à mimer une rectitude, une certitude, quelle qu'elle soit. Il était facile de deviner qu'ils rejouaient des airs entendus à la maison, un répertoire d'attitudes. Moi, je n'avais que le silence à opposer, car il n'y avait que le silence dans ma maison, et un café chaque jour coûte une fortune lorsque l'on n'a pas un rond et que la peur se double du risque d'être invitée à payer pour deux si l'amie distraite a oublié son porte-monnaie. J'ai fui très vite ce rituel, l'amie a changé de lycée et je suis revenue à ma solitude initiale.

Le froid aidant, je me suis mise à marcher, à faire des circuits, d'abord sagement, autour du lycée et du jardin public, puis de plus en plus loin. Il s'agissait de tuer le temps, littéralement, de combler ce vide entre ma réalité et celle de l'institution. Une boucle par la gare, retour par le Carmel, une boucle vers la route de Pont-l'Évêque, retour par la rue du lycée Cornu, bien trop loin pour être atteint. Rarement des boucles vers l'ouest, vers Saint-Désir et la route de Caen, échappatoire trop évident, réservé pour les années lointaines, pour lors inaccessibles.

Les magasins et leurs vitrines tentatrices m'attiraient peu. Le « ça n'est pas pour moi » était intégré depuis des années et la technique familiale consistait à paraître détaché de ce que l'on ne pouvait de toute façon pas s'offrir. Les images proposées à la vue reflétaient un monde étranger, un style, un goût du confort, un souci du détail élégant dont nous n'aurions su que faire. Seul Noël pouvait éventuellement en distribuer des miettes, mais pas toujours les plus judicieuses : un sac à main, vaguement joli mais tristement bordeaux à une adolescente, un porte-monnaie en lamé doré à une enfant, un nécessaire de toilette inutile à qui ne voyageait pas. Cette façon de nous méconnaître les uns les autres et d'ignorer nos désirs semblait alors une de nos caractéristiques.

Je préférais transformer mes marches en défis sportifs ou en circuits d'observation, aller le plus loin possible dans le temps imparti ou tester les différents points de vue sur une rue en essayant les deux trottoirs, dans un sens puis dans l'autre, lentement, pour faire durer l'espace. J'avançais, sans jamais parler ni m'arrêter longtemps. Les autres, tous les autres, adultes ou enfants, étaient un danger, une menace. Impossible de créer des liens, impossible de dévier la trajectoire recommencée chaque jour, lever, bus, lycée, bus, maison, sommeil, brave petit soldat qui ne sait pas s'il marche vers son anéantissement ou vers sa libération. Je réfléchissais à cette donnée inconnue à la texture opaque, l'avenir. Qu'allais-je pouvoir faire ? Qu'est-ce qui m'attendait, en supposant que quelque chose m'attende ? Qu'allais-je devenir, moi qui ne me connaissais pas moi-même ?

Image persistante : cet endroit précis, sur le trottoir de la sombre rue Jacques-de-Condorcet, à deux cents mètres du lycée, où survint la révélation. Non, je ne pourrais pas être journaliste, jamais. Humainement impossible. Pas avec ce qu'il se passait au cours de « l'affaire Grégory », avec ce qu'il se disait. Je ne pourrais pas me joindre à la meute. Abandon de l'idée. Il me faudrait trouver une autre incarnation, une autre possibilité d'être.

Aux beaux jours, le jardin public permettait un bref instant de pause dans ma fuite en avant. Il était un peu nu et austère, mais sa position surélevée par rapport aux rues qui bordaient deux de ses côtés en faisait une sorte d'immense terrasse isolée, offerte au soleil. C'était l'ancien jardin du palais épiscopal, lequel abritait depuis

1864 la bibliothèque de la ville, un palais des merveilles donc. Au temps du collège, j'y venais le samedi matin, pendant que mes parents s'installaient sur le marché pour vendre leur production. C'était le temps où venir à Lisieux était l'événement de la semaine, le temps où la seule ville connue était Orbec, trois mille habitants, un gros village déguisé en cité.

La montée des marches du palais tenait lieu de cérémonial. Une première volée à l'extérieur, pour atteindre le niveau du jardin, puis une deuxième, à l'intérieur du bâtiment, solennelle, donnaient accès à une pièce unique éclairée d'immenses fenêtres à petits carreaux et dans laquelle les rayonnages grimpaient jusqu'au plafond, bardant les murs d'une double muraille de livres. C'étaient mes premières déambulations parmi les livres, il y en aurait tant d'autres ensuite. J'y entrais comme le premier cosmonaute dans l'espace.

Je choisissais des titres au hasard parmi les galaxies de romans policiers antiques, les anthologies de contes, les romans étrangers. Grâce à cette bibliothèque, à celles croisées dans d'autres lieux, à quelques bouquinistes, les livres étaient la seule abondance qui m'était permise, la seule évasion aussi. Des bribes grappillées à la télévision nimbaient certains noms d'un prestige supérieur et je me risquais in situ à voir de quoi il retournait. Je me souviens encore de la surprise maîtrisée du bibliothécaire lorsque j'empruntais *Ulysse* ou *Le Voyage au bout de la nuit* à quatorze ans. Je craignais l'interdiction, ou pire, la mise en garde, la leçon de morale condescendante. Son silence fut le meilleur des passeports vers la réflexion puisqu'une page de chacun de ces livres suffit bien mieux à me faire comprendre que je n'étais pas prête.

Mais la bibliothèque n'était jamais ouverte assez tôt le matin et je n'avais d'autre choix que de continuer à marcher. Vers la basilique, les panneaux indiquaient de lointaines échappées possibles, Deauville, Évreux, Alençon. Une petite rue pointait Orbec et j'avais l'impression d'un fil qui chercherait à me ramener vers ce que je voulais fuir. À l'époque, dans ce secteur, il y avait encore de nombreux magasins de souvenirs religieux. Un jour, par curiosité, je suis entrée dans l'un d'eux, étroit et encombré, comme le sont tous les magasins pour touristes de l'ère de la consommation de masse, n'importe où en Europe. Le magasin proposait des centaines de crucifix et de statuettes de sainte Thérèse, de toutes tailles et de tous matériaux, des images pieuses, des bibles, des rosaires, des citations édifiantes imprimées sur des simili-parchemins encadrés, promettant la fameuse pluie de roses de la sainte, des milliers de médailles proposées à la vente en vrac, par bacs entiers, comme les bonbons dans les boulangeries. Je faillis me laisser tenter par une médaille émaillée de bleu, pour sa couleur et la possibilité, si bien sous-entendue dans ce genre d'endroit, que j'emporterais ainsi un peu de cette vie spirituelle qui nous manquait tant et que seul un achat pouvait combler, avant de ressortir, étourdie par la profusion. Depuis, beaucoup de ces magasins ont été remplacés par des restaurants, autre type d'indigestion.

J'ai beau avoir passé des années à Lisieux, j'ai toujours échappé au pic grandiose de l'année religieuse, les fêtes thérésiennes à l'automne, qui attiraient pour quelques jours les pèlerins par milliers. Je n'ai jamais vu l'avenue Jean-XXIII noire de monde, les processions, la chaussée du Carmel jusqu'à la basilique envahie par la foule, sinon en photo, dans le journal local. Hasard des horloges et des calendriers, je n'ai toujours vu Lisieux que déserte, semi-déserte ou gentiment animée au maximum de son potentiel sociable le samedi matin, jour de marché, comme si la ville offrait des espaces parallèles à ses occupants, des mondes qui ne se croisaient jamais, où les rues des uns n'étaient pas les rues des autres.

Parmi tous les endroits à découvrir, je n'ai jamais visité non plus le Carmel jusqu'à ce que je me décide à y entrer seule, jamais visité la salle dorée dans une autre aile du palais épiscopal, ni même la basilique ou le château romantique de Saint-Germain-de-Livet à quelques kilomètres. Nous restions toujours à l'extérieur, à côté, enfermés dans notre routine, des années à passer à côté de tout. Le loisir était une éventualité reportée à plus tard. La culture n'était pas pour nous, ni la religion, ni les objets, pas plus que le rêve. Pour nous : le travail difficile, la sagesse forcée, les difficultés qui s'accumulaient. Nous étions une famille qui s'obstinait à ne pas voir le monde, pour ne pas risquer en retour d'être remarquée par lui. Rester obscurs, austères, discrets et invisibles, la seule profession de foi.

Rue du Carmel, le mystère « Thérèse » m'intriguait quand même un peu. J'étais adolescente, elle avait quinze ans lorsqu'elle était entrée en religion, et je ne comprenais pas un choix aussi radical, ni qu'elle y ait été autorisée. À l'époque, je n'imaginais même pas que ma volonté puisse s'exercer et changer le cours des choses. Dire « je veux » n'était pas une option possible et je me laissais porter, soumise à une attente d'approbation permanente, celle des parents, celle des professeurs, celle des autres élèves côtoyés au lycée ou dans le bus, et surtout à la menace de leur désapprobation permanente. Une bonne journée était déjà une journée où j'aurais échappé au tribunal, à une condamnation, quel que soit le magistrat.

À Lisieux, les règles n'étaient plus tout à fait les mêmes que dans le petit collège purement campagnard d'Orbec, où les élèves avaient globalement les mêmes origines, les mêmes « vaches » US, ces sacs militaires en toile kaki utilisés en guise de cartable, les mêmes vêtements, dont les fameux « habits du dimanche » qui m'amusaient tant, endossés pour aller à la messe, pour rendre visite aux grands-parents ou pour manger le poulet-frites familial. À Lisieux, je découvrais ce qu'étaient les vrais citadins, les fils et les filles de « notables ». Ils n'étaient pas vêtus de la même manière et les signes de leurs différences, même discrets car retenus par le « bon goût », se remarquaient dans les détails. C'étaient les chaussettes Burlington versus les chaussettes de tennis achetées par lots au supermarché, les pulls fins et élégants versus les pulls tricotés maison, quelques polos Lacoste versus rien du tout car l'idée d'un « vêtement de marque » qui s'afficherait comme tel était impensable. Lisieux était la ville où la réalité des classes sociales commençait à m'apparaître. J'ignorais si je pouvais y avoir une place, tout en refusant de la réclamer. Et je soupçonnais que Thérèse ne pouvait rien pour moi. Dans l'espoir d'obtenir un signe, une réponse, je poursuivais mes visites, comme si d'un lieu avait pu surgir un oracle, une prédiction. Dans la cathédrale, place Thiers, une plaque commémorative marquait l'endroit et la date où Thérèse, toujours elle, avait reçu la révélation. Je découvris que la sépulture du terrible évêque Cauchon, celui qui avait condamné Jeanne d'Arc, était également marquée par une autre plaque, beaucoup plus discrète. Les deux extrêmes de la ville se côtoyaient là, l'homme insensible aux jeunes filles et sainte Thérèse de Lisieux, celle qui avait renouvelé la foi catholique, pour le meilleur et pour le kitch. L'éventail des possibles semblait démesuré pour un quotidien aussi terre à terre et prosaïque que celui que je vivais. Le passé avait des accents romanesques intenses, que je ne voyais nulle part autour de moi. La ville avait été expulsée, par les bombardements de la Libération, d'un royaume médiéval de contes de fées, à base de maisons à pans de bois avec sculptures, encorbellements et sablières, à un hyperréalisme fonctionnel et banal, de brique et de pierre, qui plaquait au sol toute possibilité de rêve. C'était une ville déracinée de tout passé, finalement idéale pour une famille elle-même déracinée de tout passé, où la généalogie remontait tout juste aux grands-parents. La guerre n'avait pas que détruit des bâtiments en Normandie et la région, au travers des commémorations toujours plus grandioses au fil des années, était depuis lors condamnée à prospérer sur la gloire de son anéantissement. Nous, plus discrètement, nous étions condamnés à vivre sur le mensonge de nos silences.

Ces promenades matinales étaient mon secret, si facile à garder puisque personne ne me demandait rien, petit avantage de l'indifférence. Vers huit heures vingt, il me fallait rejoindre le lycée et une journée dictée par les adultes, les contraintes, les apprentissages, franchir les grilles sous l'œil du gardien et subir l'emploi du temps sectionné en tranches d'une heure. Le bâtiment s'imposait par cette esthétique riante de caserne imaginée par un architecte dépressif, construite par des maçons consternés. Dans ce cadre stimulant, nous réussissions, avec les amies, avec H., avec C., l'autre amie très chère rencontrée dans ce marasme, à dérober quelques instants de plaisir entre les cours, plus rarement pendant, même s'il y eut, avec C., quelques fulgurances dont nous rions encore ensemble, trente-sept ans après. C. était un soleil, une joie, dans une période faite d'attente et de temps morts, où le seul espace de tranquillité et de liberté se tenait entre la descente du bus et la première sonnerie.

Des années après, je déteste refaire ces trajets, même par fragments, même par beau temps. Je déteste l'idée d'être seule au milieu de la place Thiers, maintenant place François-Mitterrand, adoucie par quelques arbres et une fontaine, je déteste l'idée « attente à Lisieux », « promenade à Lisieux » et je crois que je déteste encore plus redécouvrir la ville si paisible, si lumineuse. Même si le palais épiscopal a été endommagé et défiguré par un incendie en l'an 2000, si la bibliothèque a changé de lieu et de forme, les rues demeurent connues, peu changées malgré les années. Je m'y sens toujours étrangère, heurtée par l'âpreté des souvenirs, la violence de leur résurgence, toujours sur le point de retomber dans l'ornière du passé, d'être happée par la tristesse et le regret.

La solitude d'alors est une blessure à peine cicatrisée. Rien n'était normal et tout était banal.

Image persistante: l'envie de disparaître, soudaine, instantanée, comme fondrait un glaçon sous le soleil, absorbé par le sol, là, devant les murs du lycée-caserne. Je marche avec C., il fait un temps idéal, la journée est terminée, nous retournons vers les bus scolaires et je voudrais disparaître, ne plus être.

Et pourtant, un jour il y eut: gare de Lisieux, train, partir.

Autres échos

Le chant des oiseaux, tôt le matin, nouvelle journée, nouvelle vie.

Le premier appel du coucou au printemps, jamais une pièce dans la poche à ce moment-là.

Les feuilles mortes dans la forêt. Seule. Plus d'autre bruit dans cet oubli du monde.

Le lait déversé d'un bidon dans un seau. L'eau du tuyau d'arrosage dans un abreuvoir.

L'aspirateur qui racle le sol de béton, la poussière est incrustée, hors d'atteinte. Le ronronnement du chat au creux de l'épaule, amour, tendresse.

La soupe de poireaux qui bout à bas bruit sur la gazinière et parfume toute la maison.

Le cri du cochon que l'on mène à la mort et qui veut s'échapper. Le cri du lapin que l'on mène à la mort et qui veut s'échapper.

Le bruit des ailes des poulets suspendus par les pattes, déjà égorgés, et dont le battement ralentit peu à peu.

Odeur de sang.

La jupe fleurie

Coudre ses propres vêtements, c'est une ruse et une liberté, comme faire ses confitures ou des conserves avec les légumes du jardin, un chemin au travers des embûches économiques vers un résultat (espéré) meilleur, plus beau, plus original qu'un produit acheté dans un magasin ou pire, dans une grande surface. Une revanche. J'avais une garde-robe pour partie fabriquée (cousue, tricotée) par ma mère. Des vêtements sobres, solides (trente ans après, je porte encore certains pull-overs, increvables), avec une petite touche personnelle, un détail, un joli boutonnage, une torsade.

La jupe fleurie était la plus jolie de toutes ces créations. Il y avait d'abord sa couleur, si loin de la tristesse, un motif de petites fleurs bleues et roses entourées de feuillages où le bleu dominait, pastel, délicat, lumineux. Puis sa forme, une jupe d'été, longue, froncée à la taille, avec deux poches invisibles. Y mettre les mains augmentait l'amplitude de la coupe et son effet « corolle », né d'un tour de taille de soixante-six centimètres. Car il fut, ce temps d'un tour de taille de soixante-six centimètres, lointain passé. Portée avec des ballerines, des sandales fines, elle dessinait la silhouette comme un croquis de couturier. Avec quelques pans de cotonnade myosotis, j'approchais de la féminité, une possibilité de féminité, légère, élégante, inatteignable. La jupe fleurie souffrait d'un seul défaut : elle était trop jolie pour la vie que nous menions.

L'été, à la maison, se passait en pantalons solides pour « buzoquer » (passer son temps à des riens) ou aller dans les bois, en short éventuellement s'il faisait très beau, pour s'allonger dans la chaise longue, lire et penser à la mort. Le dimanche matin, nous n'allions pas à la messe à l'église du village, nous n'allions pas déjeuner chez des amis ou des parents, il n'y avait pas d'occasion pour porter des « habits du dimanche ». Les dimanches se passaient dans le huis clos familial pour lequel aucun effort vestimentaire n'était requis. Au printemps et en septembre, il ne faisait pas assez ou plus assez beau et nous avions cette faiblesse pragmatique de nous habiller en fonction de la météo. J'étais en possession d'une très jolie jupe que je n'avais pas la possibilité de porter, j'approchais de la féminité, mais je restais à côté.

La jupe fleurie était une tentative et un échec, le désir de se conformer à un modèle imaginaire et l'impossibilité de se plier aux références. Quel vêtement aurait pu contenir les sentiments contradictoires, les non-dits et la révolte tue, l'énergie et le bouillonnement de l'adolescence confrontés à l'exercice des forces contraires, ne pas bouger, ne pas faire de bruit, se faire oublier, faire oublier que tu existes ? Jupe froncée et colère rentrée. Le modèle imaginaire provenait d'un idéal des années 1960, des magazines de mode conservés, des films anciens encore largement diffusés à la télévision d'alors, de leurs images imprimées dans le magazine télé, le précieux *Télé 7 Jours* attendu et soigneusement lu en intégralité chaque semaine. Des images d'un certain genre de femme, des images d'une certaine façon d'être au monde, de poser, de se poser. Sur la photo, le mouvement est figé, la surprise mimée, hanches de trois quarts, épaules légèrement tournées, une jambe en arrière, pointe de pied tendue. Où vas-tu, oiseau figé, cloué dans ta joie ? Ton sourire est-il le masque d'une grimace de douleur ou celui d'une absence au monde ?

Dans les magazines, je découpais quelques-uns des visages parfaits du cinéma, dont les noms redoublaient en écho la féminité.

…Grace Kelly, Angie Dickinson…

Onomastique rêvée, nom murmuré pour apprivoiser les sonorités étrangères. *Angie Dickinson, An-gie Dic-kin-son.* La femme est un ange de blondeur, de douceur et d'élégance, une silhouette sculpturale qui capte les regards. Un modèle inatteignable, mais tout de même un modèle, inséparable de la voix intérieure qui murmure *Femmes ordinaires, travaillez à vous approcher de cette perfection. Les femmes des magazines possèdent un secret dont vous ignorez tout. Elles ont compris quelque chose qui vous échappe et que vous poursuivez malgré tout. Cette quête vaine vous donnera un but (illusoire), un chemin (une impasse) et d'excellents moyens de vous faire écraser.*

La jupe fleurie, trop jolie, trop sage pour la sauvage en moi, était un carcan, souple, doux, aux tons pastel, un apprentissage à la soumission des petites filles aux règles du « je » féminin, à base de robes, de talons, de colifichets, de maquillage (discret), de sacs à main, de maillots de bain, de cheveux toujours domptés. Mais tout cela ne pouvait advenir là où il n'y avait que le travail, les corvées et une façon brute et brutale d'être au monde, dans une absence totale et revendiquée d'apprêt, de sophistication. L'incohérence et l'absurde du décalage entre notre vie ordinaire, sobre, mesurée, calculée à l'économie, et les messages de plus en plus stridents de la télévision des années 1980 et de ses injonctions à consommer, à dépenser, apparaissait rapidement. Des jupes, mais pas trop courtes, pas ici, pas maintenant, jamais le bon moment. Du maquillage pour séduire, parce que le but du jeu est de séduire, il ne peut y avoir d'autre devenir (cette menace vague, toujours insinuée, d'être de celles qui ne sont pas choisies, pas remarquées, pas élues, oubliées, comme une honte en suspens dont nous serions responsables). Mais pas trop voyant le maquillage, sinon la fille devient un autre genre de fille, une fille de mauvais genre. De qui s'inspirer ? Kim Wilde est pas mal, un peu limite, Madonna est *too much*, Nina Hagen n'en parlons pas. Au moins sont-elles libres, même si elles vivent dans un pays imaginaire, celui du Top 50 et des clips.

À l'école, l'apprentissage se faisait par petites touches, par échos en retour. L'audace d'une jupe impliquait l'étude de la réaction, plus ou moins visible, plus ou moins marquée, des différents cercles, les vraies amies, les presque copines, les autres filles de la classe et, éventuellement, de ce groupe étranger, objet de tous les soucis et de toutes les craintes, les « gaarçoons ».

L'approbation ou l'admiration des autres filles était appréciable, mais l'ombre d'un mépris de la part d'un garçon blessait deux fois plus. Leur incursion critique dans notre cercle était une violence et un affront, un rappel à l'ordre. Quels que soient nos efforts, nous ne serions jamais à la hauteur. À *leur* hauteur, puisque c'était eux qui avaient le pouvoir (donné ? décrété ?) de décider du beau et du bien.

À ce moment-là, nous nous haïssions. Nous faisions groupe et nous nous haïssions en secret d'avoir envisagé de nous faire remarquer et de chercher à leur plaire. Quelle folie, quelle douleur, c'est bien fait, « ça t'apprendra ». Blessure d'orgueil pris au dépourvu d'une naïveté. On ne nous y reprendrait pas, jusqu'à la prochaine fois, la prochaine tentative, le principe de l'expérimentation était de réitérer le besoin de preuves, pour se rassurer, pour grandir. Le seul moyen d'y échapper était de faire semblant de ne pas voir ce gouffre qui s'ouvrait devant nous, la séduction, ses codes, ses pièges et ses blessures, tout ce qui risquerait de nous rapprocher de l'âge adulte. Le seul moyen était de continuer à nier l'avenir, à jouer aux chevaux sauvages dans sa tête, comme au temps de l'école primaire.

– *Cette fois, on dirait que Prince Noir, c'est moi, toi, tu serais son fils et Sophie, elle serait sa fiancée…*

– *Tu veux toujours être Prince Noir!*

– *Sophie, elle l'a jamais été!*

Le scénario se mettait en place ainsi : Prince Noir était poursuivi par des Méchants qui voulaient le capturer, lui et sa famille. Mais il était très fort et très intelligent, il réussissait toujours à se sauver et à sauver les siens.

Bien sûr, personne ne voulait jamais faire les Méchants. C'était pourtant le moyen, avec un peu d'imagination, d'apporter des rebondissements, d'ajouter des pièges et des obstacles, de réussir à capturer Prince Noir… Mais Prince Noir était le plus fort, il trouvait toujours comment échapper à l'enclos qui le retenait. Et, belle revanche, il faisait s'évader avec lui les chevaux du Méchant pour leur rendre la liberté.

Peu importe alors qui habitait les pavillons neufs ou la ferme au bout du chemin, qui devrait se cacher le soir pour éviter la colère du père ou devrait travailler encore après l'école, puisque « t'as rien d'mieux à faire ».

La noblesse, la force et surtout la liberté, la liberté, étaient en nous et rien ne pouvait nous arrêter. Nous étions des chevaux sauvages et indomptables, des buveurs de vent affolés par le vent d'ouest. Nous galopions jusqu'à la limite de l'horizon, là où le soleil disparaît dans un brasier. Le monde nous appartenait, martelé de nos sabots, dominé par notre puissance. Parfois poursuivis d'invisibles frayeurs, nous étions toujours victorieux parce que nous étions braves et forts. Nous étions des chevaux sauvages, galopant libres dans des plaines immenses, jusqu'à la sonnerie annonçant la fin de la récréation.

À la maison, le tâtonnement dans l'apprentissage de la féminité était encore plus prononcé. Trois obstacles devaient être contournés, le travail, le vélo et le goût du camouflage. Les deux premiers étaient d'ordre pratique, le troisième une question de survie.

Avec le travail, il était impossible de porter de jolis habits trop fragiles, salissants. Soulever des seaux, des bottes de foin ne peut se faire en jupe et en sandales. Chose étrange d'ailleurs. Au XIXe siècle, les femmes aux champs portaient des robes. Sur les tableaux de Jean-François Millet, *L'Angélus*, *Les Glaneuses*, les femmes sont là, au travail ou en prière, mais debout, solides, en robe. Marie Ravenel, femme « de rien », née en 1811 à Réthoville, Cotentin, poétesse remarquée par Lamartine, disparaît, sagement assise, dans les plis et replis de sa robe noire sur la seule photographie que l'on ait d'elle, devenue carte postale, les cheveux dissimulés sous un modeste bonnet blanc. Elle n'a jamais cessé de travailler à son moulin, ni voulu quitter son vallon pour recueillir la gloire parisienne qui lui était promise. Elle eut le courage – ou la sagesse – de garder son cap, de décliner une ultime proposition d'édition avantageuse qui aurait installé sa renommée, peut-être même sa postérité, pour rester fidèle à ses valeurs. La renommée et la postérité sont restées attachées à quelques hommes, parisiens, bucoliques par coquetterie. Mais le renoncement, et la force d'âme que cela suppose, sont un autre sujet…

À quel moment la solidité des habits des femmes s'est-elle perdue et surtout, pourquoi ? Fallait-il s'éloigner, oublier cet autrefois originel ? Se détourner de la honte de la rudesse et acquérir des choses plus délicates, plus élégantes ? S'éloigner de la fatigue des travaux difficiles pour prendre la pose, pointe de pied tendue ? Passer de l'action à l'image ? À moins qu'il ne s'agisse plus simplement de vendre encore et toujours plus de panoplies jetables, une multiplicité d'incarnations possibles, aussitôt essayées, aussitôt abandonnées derrière nous, comme autant de mues dont aucune n'est jamais notre identité réelle.

Dans la maison au bout du chemin bordé de houx et d'aubépines, le choix entre le beau et le solide se justifiait de lui-même. Les vêtements solides étaient sobres, le beau était superflu, la répartition s'imposait de fait, le solide pour le monde réel, le beau pour les rêves, sauf les quelques bribes que l'on parvenait à capturer, à fabriquer, à bricoler.

L'obstacle du vélo venait du besoin de vitesse. Les trajets vers H., l'amie très chère, pouvaient se faire à pied à travers bois et champs ou à vélo. Pas de temps à perdre, vingt-cinq minutes en vélo, trois vallées à franchir, trente à trente-cinq minutes à pied par les chemins. Il n'est pas impossible de faire du vélo en jupe, c'est même très joli, belle image, mais on va beaucoup moins vite, surtout quand il faut arriver le plus tôt possible pour savourer la plus grande tranche de bonheur possible. La jupe requiert une attention démultipliée pour un résultat moindre. Or, la vitesse était une idée fixe, un objectif. Le vélo permettait de rejoindre H., chaque minute perdue était du temps volé avec elle. L'efficacité était de mise, sans être entravée par des vêtements inadaptés, comme si les vêtements des femmes avaient été imaginés, toujours, cousus, pour les ralentir, les immobiliser, les figer, arrêt sur image. Pourquoi faudrait-il que les filles soient sages comme des images ? Merde ! Les filles sont énergie, euphorie, vitalité, hâte de vivre et de retrouver les copines, l'effort dans les côtes est un défi, le vent dans les descentes une griserie, un démultiplicateur de joie. J'étais impatiente d'arriver, j'aurais voulu que l'épaisseur de l'espace-temps n'existe pas, j'aurais voulu être transportée auprès d'H. et des siens à la vitesse de la pensée, échapper à la pesanteur, à la limite du souffle et des muscles. Être ailleurs, s'évader, avoir des ailes…

Le trajet participait à l'évasion, les repères s'enchaînaient. Après la belle maison des B., l'éloignement débutait, première petite descente, en prenant assez d'élan, la remontée n'était pas trop dure. À la ferme des A., le choix de la route en descente sur la gauche ou du chemin tout droit s'imposait selon que j'étais en vélo ou à pied. Le rythme de la côte était cassé par un virage à son départ, impossible à prendre vite, le premier gros effort se payait cher, compensé par une longue ligne presque droite en sommet de colline (le pays d'Auge aime bien épuiser ses cyclistes). Au bout de la route, une maison de maître abandonnée se tenait au fond d'un champ. J'étais déjà fascinée par les ruines, la déshérence, le mystère des lieux où plus rien ne vit, pourtant, je n'ai jamais pris le temps d'une exploration. Être là, c'était être presque arrivée, pas le moment de flancher ou de se laisser distraire. En arrière-plan de la maison, la ligne de la colline suivante se profilait derrière les arbres, le passage de quelques voitures laissait deviner le tracé de la route que je souhaitais atteindre. Une dernière descente, une dernière côte et j'étais enfin sur l'autre rive, au calme et en sécurité, sur la rive de l'amitié.

Le troisième obstacle à la possibilité de devenir soi en toute liberté et d'essayer de trouver ses incarnations potentielles était un goût du camouflage protecteur, doublé (résultat ?) d'un regard critique impitoyable sur les comportements, les attitudes, les fantaisies. Comment exister en toute confiance quand un regard, une phrase pouvait vous clouer au mur de la réalité ? Ou pire, quand un silence, qui n'était que partie remise, pouvait crever en une trahison des mois plus tard lors d'une réunion « de famille » dans le Cotentin, devenue moquerie en bande organisée ? Tout pouvait être prétexte à une petite partie de domination-démolition, une coiffure hasardeuse, un maquillage raté, une tentative d'émancipation. Là aussi, l'incohérence et l'absurde du conditionnement apparaissaient et faisaient craquer toutes les coutures de la logique. Il fallait être grande, très vite, se « débrouiller seule », ne pas faire l'enfant, aider à la maison, à la ferme, travailler, toujours, mais toute tentative de « faire comme les grands », par l'habillement, par le maquillage, était écrasée dans un ricanement de jubilation destructive. Aucune place n'était la bonne place, aucun choix n'était le bon choix. Il fallait se taire et disparaître. L'existence, la joie, la personnalité semblaient être des attributs superflus qu'il fallait laminer le plus tôt et le plus vertement possible, avec méthode, système, persévérance. Comment et pourquoi « les gens » osaient-ils être là, fantaisistes, inconscients, différents ? « Les gens », dit avec cette nuance de mépris et de dégoût dans la voix, comme si la personne qui prononçait ces mots n'était pas elle-même vivante, humaine. Nous étions spectateurs des « gens », passants et figurants dans leurs échappées, avec une sociabilité limitée aux courses au supermarché le samedi, éventuellement augmentée d'une promenade dans le centre-ville de Cherbourg, côté Cotentin, ou d'une promenade dans les bois le dimanche, côté pays d'Auge, le tout sans un mot de confidence, de confiance, sur nos envies, nos rêves, à moins qu'ils ne soient concrets, mesurés, circonscrits dans les limites du raisonnable. Des projets plus que des rêves, car il ne fallait pas rêver, le réel était face à nous, empli de tâches à accomplir, d'heures à aider les parents, à laver des moules à fromages dans la laiterie ou à préparer des repas après les cours, à faire la tournée des voisins pour vendre quelques fromages le week-end pour moi ; à faucher les foins ou à curer le fumier de la chèvrerie pour le frère ; à ramasser les pommes à cidre minuscules dans l'herbe glacée de l'automne pour tous. La somme de devoirs et d'obligations ne laissait ni place ni temps pour imaginer un ailleurs ou un autrement, insupportables éclats de phosphore dans l'obscurité.

« Il faut faire avec »,
« Il faut faire attention »,
« Il faut se contenter de ce que l'on a ».

« Il faut faire attention maintenant que tu deviens une jeune fille » fut le seul viatique maternel pour faire face à la métamorphose, alors que je devenais un corps qui saignait et qui souffrait tous les mois. Les garçons pouvaient exister, les filles devaient faire attention.

La jupe fleurie était à sa manière une tentative d'évasion. Nous aussi nous pouvions avoir de jolies choses, comme les gens des pavillons, comme les gens de Lisieux, nous pouvions même les créer, à défaut de créer la possibilité de les utiliser. La jupe fleurie, peu portée, jamais jetée, toujours emportée au gré des déménagements, reste le souvenir d'une incarnation qui n'était pas moi, de la piste d'un idéal qui n'a pas été suivi.

Le vallon de Carneville

C'est un vallon étroit, isolé des routes passantes, cerné par la forêt, une beauté parfaite et bucolique, où le temps ne semble pas avoir franchi la barrière du XXe siècle, une faille de deux kilomètres que l'on croirait découpée dans la Terre du Milieu de Tolkien. Les arbres sont libres et puissants, ils pourraient abriter des créatures magiques et qui sait, peut-être le font-ils ? Leurs racines sculptées et torturées s'épandent en chevelures folles sur les talus, s'agrippent aux roches qui les contrarient mais ne les dévient pas de leur vie obstinée.

La douceur et la fraîcheur de leur ombre s'accordent au mieux avec la course du ruisseau venu de Saint-Pierre-Église et de Théville pour se jeter dans la mer à trois kilomètres de là. Les maisons en granit, construites en contrebas de l'église, au plat de la vallée, comptent leurs années par centaines. Ancrées au sol, telluriques, elles bordent le chemin de l'étang et le chemin des bois.

Le chemin du fond de vallée, lui, file le long du ruisseau, passe sous les arches du viaduc, serpente entre les prés, frôle la vieille chapelle en bois blanc et débouche sur la clairière minérale de la place de Fermanville. À main gauche, l'église voit son clocher détaché sur le flanc de la colline. À main droite, la stèle en souvenir de Marie Ravenel se tient discrètement dans l'ombre et à l'écart, à l'image de la vie de la poétesse. Au-delà de la place, la route côtière trace une frontière entre les terres et les landes où le ruisseau achève seul son voyage. Pendant trente minutes, c'est une promenade entre prairies et forêts, avec plusieurs sentiers étroits, des « chasses », qui grimpent la pente abrupte de la colline comme des échappées possibles. Dans le ruisseau et sur ses berges, de nombreux rochers font obstacle au courant, l'eau rebondit et chante. Il ne manque pas un paramètre à l'utopie bucolique. Les courbes du chemin varient les points de vue, la bande-son est composée du chant des oiseaux et du bruissement du vent dans les feuillages. Il y a juste ce qu'il faut de chardons et de fleurs sauvages, de clôtures bancales et de sous-bois non domestiqués pour ne pas sombrer dans un pittoresque mièvre. L'air tonique venu de la mer secoue le parfum du foin, des feuilles mortes et des aiguilles de pin. Les passages qui ne voient jamais le soleil gardent une odeur astringente de boue, de sève et de bois vert.

L'arrière-grand-mère paternelle vivait là, au bout du hameau, dans la grande maison en pierre, toujours montrée lors des promenades avec l'autre branche de la famille. Car jamais le père ne nous a emmenés ici, à l'endroit même où il avait passé son enfance, jamais il ne nous a raconté ce que c'était de grandir là, dans les années 1950, au fond d'une vallée isolée au fin bout d'une péninsule, dernier enfant d'une fratrie de quatre, beaucoup plus jeune que les autres, très tôt orphelin de mère, puis orphelin de père, élevé par cette grand-mère dont d'autres traçaient un portrait redoutable (mais toutes les femmes tenaces face à l'adversité, dures à la tâche, ne sont-elles pas vues comme « redoutables », quelle que soit l'époque ?). Née en 1880, elle aurait pu être le lien avec notre passé, avec cet avant-guerre obscur et lointain, avec ces innombrables cousins révélés par la quête généalogique. Mais alors qu'elle semblait sur le chemin de devenir centenaire, vaillante et seule en sa maison à l'âge de quatre-vingt-dix ans, elle mourut des suites d'une chute nocturne contre une sole de cheminée, emportant avec elle toute possibilité de connaissance et de transmission.

D'elle, il ne restera à jamais que des bribes de légendes que personne ne pourra jamais confirmer. C'était une femme qui aurait fait fuir un sanglier en secouant son tablier, est-ce que cela ne dit pas une certaine mesure de courage simple, de confiance et d'ingénuité ? C'était une femme qui aurait choisi l'emplacement de la tombe de son mari puis de sa fille près de l'église, là-haut, sur l'autre versant de la vallée, de façon à les apercevoir tous les jours en ouvrant et en fermant ses volets depuis sa maison. Est-ce que cela ne dit pas une certaine mesure de fidélité et d'attachement ? Quelqu'un dans cette famille avait, au moins une fois, fait preuve de sentiments et les avait manifestés. Là où l'amour ne se dit pas et ne se montre pas, cette femme a inscrit dans la géographie des lieux une perspective du souvenir.

Les couverts en étain

Dans une famille sans passé, à anecdotes mais sans histoire, où rien ne s'est transmis, où tout s'est trouvé perdu, la moindre bribe surgie des temps anciens, échappée aux naufrages successifs, fait figure de trésor. L'inventaire en est rapidement mené. Deux livres et un dictionnaire, un pot à couvercle à la laideur intéressante, des serviettes damassées au luxe suranné et quelques couverts en étain.

Les livres sont une *Petite Civilité de la jeunesse ou Règles de la politesse et de la bienséance* par M. l'abbé Pinart, parue à la Librairie ecclésiastique, classique et élémentaire en 1859 et une *Grammaire élémentaire lexicologique* par P. Larousse, éditions Veuve Larousse et Cie, datée de 1889. Les deux se signalent par leur souci d'une morale appliquée, l'un au travers des faits et gestes de la vie quotidienne («Des rencontres au dehors et de la manière de saluer», «Comment on doit interroger, répondre et dire son sentiment»), l'autre au travers d'exercices mêlant en cascade incises géographiques ou historiques, sentences de sagesse et d'obéissance, brèves notations de culture générale.

Le dictionnaire est l'objet le plus récent, un *Tout en un, encyclopédie des connaissances humaines* publié par Hachette en 1955, avant-hier en somme, qui fut le prix de certificat d'études offert par la ville de Cherbourg – l'information est gravée sur la quatrième de couverture –, que reçut ma mère. Il contient en surplus trois cartes postales écrites par elle à ses parents entre 1971 et 1973, seules archives privées avérées et datées, seules traces de vraies vacances dans les Landes, si loin. Je n'en ai aucun souvenir, j'étais alors trop petite et je ne peux que m'apercevoir au travers de ces quelques lignes, personnage furtif du bref récit qu'en fait ma mère, celui du petit enfant têtu qui, à la plage, ne veut pas sortir de l'eau.

Le pot… à tabac ? est en faïence bordeaux, granuleux comme s'il avait été roulé dans le sucre. Il est orné de fleurs, d'un petit nid. Il est assez incongru dans son abondance décorative, modeste mais un peu ridicule, et il n'est regardable qu'avec détachement, en l'imaginant fabriqué en pâte de fruit parfum cassis solidifiée. Objet sans date ni destin, sinon celui d'être remisé sur une étagère obscure où il peut se faire oublier.

Les serviettes en coton blanc damassées forment deux ensembles aux motifs différents, sans qu'il soit possible de savoir si cela correspond à deux provenances différentes. Elles sont si belles que jamais personne n'a osé s'en servir, comme si aucun repas de notre maison n'avait été digne de l'apparat qu'elles impliquaient.

Enfin, un lot de couverts en étain, aux manches sculptés de motifs végétaux en arabesques, traîne dans nos tiroirs depuis des décennies. Ils sont si tarabiscotés et majestueux qu'ils se sont parfois laissé prendre pour des couverts en argent. Leur seul défaut est d'être particulièrement dépareillés : trois fourchettes d'un même modèle d'une part et deux paires de cuillères à soupe et fourchettes relevant de deux autres séries de motifs d'autre part, l'une des deux paires étant dotée d'une cuillère à café assortie en surcroît. Soit un total de cinq fourchettes, deux cuillères à soupe, une cuillère à café, une belle illustration de l'idée d'épave si l'on songe à la composition d'une ménagère complète. Comment ont-ils traversé le temps, de tiroir en tiroir et surtout d'où viennent-ils, de quelle maison, je n'en ai pas la moindre idée. Le silence familial s'appliquait à toute chose, même la plus infime. Pourquoi dire d'où provenaient d'élégantes serviettes damassées, de jolis couverts ? Ils sont si peu usés qu'ils ont dû servir uniquement les dimanches, des couverts du dimanche comme il existe des habits du dimanche, et encore, des dimanches de fête qui seraient tombés en même temps que Pâques, le 15 Août et Noël.

À moins que les parents eux-mêmes ne l'aient pas su, qu'ils aient été les passeurs aveugles d'objets reçus par le hasard des tris successifs après décès, miettes d'un ensemble à chaque fois plus morcelé, à chaque fois plus éparpillé, dont le secret des origines se serait perdu dans la nuit des temps, au fil des maisons et des générations. Dissociés de tout souvenir d'appartenance, les objets ont vécu une permanence faite d'éclipses et de redécouvertes, d'indifférence et de goût du jour que seule la destruction matérielle, involontaire ou non, pouvait interrompre.

D'ailleurs, en passant, quelle est la durée de persistance des choses ? Elle semble infinie si l'on se promène dans une brocante ou un dépôt Emmaüs, emplis de meubles rendus à leur seule présence, à leurs discordances, à leurs silences. D'où l'autre question en embuscade, attachée aux humains : quelle est la durée de persistance du souvenir des gens lorsqu'ils ne sont plus ? Parmi les rares anecdotes colportées, un lointain parent est demeuré « célèbre » pour mesurer chacune de ses bûches, une à une, afin de les couper toutes à la même longueur. Chaque bûche, exactement à la même longueur. Il aurait aussi, paraît-il, appliqué le même principe, par passion des chiffres, des mathématiques et de l'exactitude, à ses tartines. Est-ce vraiment une postérité mémorielle enviable ?

Persistance des mots et des silences le temps d'une vie,
Persistance des ruines le temps de plusieurs vies.

Ces beaux couverts en étain laissent entrevoir un certain goût de l'apparat et des moyens financiers qui ne sont probablement pas ceux d'ouvriers, de charpentiers ou de journaliers agricoles, qui composent les générations les plus récentes de la famille. Même s'ils ne sont pas en argent, ils y ressemblent et quelqu'un, à un moment, a eu envie d'apprivoiser quelque chose hors de sa sphère (quoi ? une classe sociale ? une image ?), comme mes parents avec les beaux livres. Y est-il parvenu ? Est-ce que l'apparence a suffi à faire illusion ? Ou était-ce un reliquat, la dernière trace d'une aisance disparue mais dont la preuve se transmettait en même temps que la mélancolie de l'avoir perdue ? Il y a si peu d'éléments dans l'histoire familiale pour décider d'une hypothèse ou d'une autre, pas même des indices, des allusions, des silences ou des hésitations, et les objets sont si obtus dans leur opacité, qu'il est impossible de deviner quoi que ce soit. Dès lors, pourquoi faudrait-il se contenter de cette semi-obscurité et renoncer à inventer ?

Au XXe siècle, ces couverts auraient été en métal argenté, ils datent donc du XIXe siècle, peut-être même du XVIIIe. Rêvons un peu. La scène se passerait au nord-est du Cotentin, dans ce secteur nommé Val-de-Saire où la mer marque la campagne de son empreinte loin vers l'intérieur. La terre des labours y est fine, claire, sablonneuse, les haies servent surtout à protéger les bêtes et les cultures des vents venus de la côte. La douceur des vallons où la Saire serpente est souvent réveillée d'une pointe maritime. L'expression contemporaine « terre et mer » qui habille des assemblages culinaires parfois inattendus (voire improbables) semble avoir été inventée pour cette petite portion de territoire, cette extrémité, vigie lointaine de la baie de Seine, bordée de courants marins contradictoires et souvent violents dus à sa position d'étrave. Les villages, pour la plupart à distance prudente du rivage, voient presque tous leur nom s'achever en « ville », Fermanville, Carneville, Réthoville, Varouville, Tocqueville… Le premier point central de commerce et d'activité est la petite ville de Saint-Pierre-Église, le second est le port de Barfleur, arrimé derrière son église en solides maisons de granit, crucial au Moyen Âge quand Cherbourg n'était rien, pour les traversées vers l'Angleterre, l'autre rive permanente, l'éternel miroir de nos côtes.

En ce soir d'été 1865, le chemin entre le hameau de la Coudrairie et Varouville était désert ou presque. L'orage menaçait et beaucoup s'étaient déjà mis à l'abri. Une silhouette sombre se détachait contre la lumière rasante, entre les champs seulement séparés de murets de pierre bas. Marie Ravenel revenait de Réthoville où elle était allée voir les occupants de l'ancien moulin de ses parents. Elle était née à cet endroit, y avait grandi et après quelques années d'activité avec son mari, Yves Le Corps, elle l'avait quitté pour vivre à Carneville. Le moulin de la Coudrairie à Réthoville était situé dans un creux à peine marqué de la plaine côtière, un val ouvert à la lumière. En comparaison, la vallée des moulins de Carneville ressemblait à une tranchée en forêt, une ruelle active et encombrée, protégée par les arbres. Retourner à Réthoville, c'était pour elle retrouver une lumière et le rythme d'un temps disparu, celui des journées immenses de l'enfance où chaque lever de soleil était une nouvelle promesse, un recommencement, une joie neuve et fraîche. Elle avait eu de la chance dans la vie, à dix-huit ans, elle avait épousé un homme bon et travailleur, leurs trois enfants étaient son trésor et sa fierté et, dans cette vie sage et ordonnée par le travail, la poésie s'était installée et avait donné une autre ampleur à ses jours, deux fois vécus, par le souffle et par l'encre. En 1852, elle avait publié son premier recueil, réédité en 1860 augmenté de nouveaux poèmes. L'enchaînement de hasards et de bonnes volontés qui s'étaient ligués pour mener à ce résultat l'étonnait encore. Elle n'avait voulu renoncer à rien, à sa vie modeste, à ses proches, ni céder à l'exigence d'une muse que certains « bienfaiteurs » auraient voulue vagabonde, mondaine, citadine. Mais elle ne désirait pas d'autre horizon que ces chemins bordés d'ajoncs et de noisetiers, hésitant entre la lande et le bocage, ces brefs aperçus d'un triangle de mer entre deux courbes de bruyère. Sa deuxième vie, sa vie de poète, était de faire renaître le soir le chant des ruisseaux, la palette des nuances de verts des arbres, de gris ou de bleus éclatants dans les ciels changeants, le tableau du quotidien modeste des paysans dans ces paysages sculptés par le vent. Respirer ici était un privilège, une ivresse simple venue de la mer, comment traduire cela en mots ? Cette question occupait souvent ses pensées, l'arrêtait parfois dans ses tâches – jamais longtemps, le travail passait avant tout –, la séparait d'une certaine façon des autres villageois. Jamais personne parmi ses voisins ne l'avait blâmée, jamais personne ne l'avait félicitée non plus. Peu avaient le goût de lire des livres, moins encore avaient l'argent pour se les procurer. Ceux qui la lisaient habitaient plus loin, Valognes, Cherbourg, Caen... Elle recevait des lettres et y répondait, ce seul fait aurait suffi à la distinguer. La poésie avait élargi son horizon sans qu'elle quitte les terres auxquelles elle était attachée, et sa vie de papier lui apportait autant d'estime et de reconnaissance que sa vie dans la communauté des hommes.

Arrivée aux abords de Varouville, elle s'inquiéta des nuages qui s'accumulaient en ligne depuis Barfleur jusqu'au Vast. Elle aurait du mal à rejoindre le hameau à la sortie de Saint-Pierre-Église où l'attendait son amie Jeanne pour une veillée. Peut-être pourrait-elle trouver un abri à l'église. Le vent se renforça. Les premières grosses gouttes tombaient mollement, espacées et paresseuses mais ne laissant présager rien de bon. Alors qu'elle resserrait son châle sur ses épaules, elle entendit le pas d'une voiture à cheval derrière elle et une voix d'homme qui l'interpellait.

– Pas un temps à mettre un chrétien dehors, madame Le Corps. Montez-donc.

L'homme avait arrêté son cheval à hauteur de Marie Ravenel. Il ne paraissait pas spécialement content de la voir, ni même spécialement aimable, mais il ne semblait pas admettre de laisser quelqu'un sous la pluie sans intervenir. Marie Ravenel le reconnut. Il venait avec son père au moulin de ses parents il y a des années et il leur avait gardé sa pratique quand son mari et elle avaient pris leur succession. Un des nombreux Lamache du pays.

– Je vais à Saint-Pierre.

– Pas mon chemin, mais du hameau Saint-Clair, chez moi, vous n'aurez pas de mal à attraper la diligence du soir, ou une brave carriole comme la mienne qui viendrait de Tocqueville. Vous pourrez attendre l'une ou l'autre à l'abri. Prenez ma main.

Avec son aide, Marie Ravenel se hissa sur le banc de la carriole et Pierre Lamache secoua les rênes de son cheval pour repartir.

– On aura de la chance si ça ne tombe pas plus d'ici à ce qu'on arrive.

Marie Ravenel observa son bienfaiteur, qui, même s'il l'éloignait un peu de sa destination, lui offrait son aide et un abri sans même qu'elle les ait demandés. C'était un homme à la carrure épaisse, grand, à l'allure revêche, au regard direct, mais dont les actions contredisaient les airs sombres. Il revenait d'une prairie vers la mer dont le muret s'effondrait.

– Tout tombe en poussière, il faut passer sa vie à réparer et essayer de faire tenir.

Marie Ravenel ne partageait pas cette triste vision. Réparer était une occasion de faire renaître, d'ajouter des jours aux jours, de prolonger. On ne peut pas toujours bâtir des choses neuves et reconstruire à partir de vieilles pierres, comme écrire à partir de mots déjà existants, était une force et une satisfaction en soi.

Ils traversèrent en silence le village et bifurquèrent dans la rue de la Boulaye, après l'église. Le vent s'emballait en mouvements désordonnés autour des branches des noisetiers. Il était impossible de deviner s'il s'agissait simplement d'un grain passager ou d'une tempête qui allait durer toute la soirée et toute la nuit. Après quelques minutes, Pierre Lamache tourna dans une cour, arrêta la carriole devant une grange et s'adressa à quelqu'un dans les tréfonds du bâtiment, mais qui ne se montra pas.

– Jules ! Débarrasse-moi c'te bête. Un fond d'orge moulue et tu la laisses à l'abri, ça souffle fort ce soir. Venez madame Le Corps, allons au chaud, Anne aura bien une soupe à nous offrir.

La maison se trouvait de l'autre côté du chemin, sur le bord de la route de Barfleur à Saint-Pierre-Église. Ils entrèrent. Un feu mouronnait dans la cheminée mais suffisait à éclairer la pièce. Une table et des bancs occupaient l'espace, un lit-clos aux rideaux refermés se devinait dans le fond de la pièce. Deux détails attiraient l'œil malgré tout, une magnifique bonnetière en chêne ornée d'une riche corbeille sculptée en fronton d'une part, et un pauvre bouquet fatigué au bout de la table, composé de deux roses blanches et d'une poignée d'achillées d'autre part.

Anne Lamache se retourna pour saluer Marie Ravenel. Elle regarda son mari et renonça à toute question. C'était une femme qui semblait avoir plus de mots sur le cœur que de souffle pour les dire. Pierre Lamache s'installa à table et invita d'un signe Marie Ravenel à en faire de même. Anne posa deux verres et un pichet de *bère*. Pierre Lamache emplit les verres d'un cidre de fin de saison, de fond de tonneau, ambré et épais. Il leva son verre :

– Aux journées de travail qui sont bien assez longues et aux orages qui amènent de l'inattendu sous notre toit.

Marie Ravenel sourit et but. Le cidre était âpre et astringent, à peine désaltérant. Elle aurait bien aimé le couper d'un peu d'eau.

– Aux Bons Samaritains qui ne laissent pas leurs prochains dans la peine.

– Bon, bon, y'a bien quelques-uns de mes prochains que j'aurais volontiers laissés détremper sur le bas-côté. Mais vous, c'est pas pareil. On s'connaît de long. Mon père connaissait le vôtre. « On est tranquille à aller chez les Ravenel » qu'il disait, « on est sûr de pas être volé ».

– Merci de vous en souvenir. Mon père était le meilleur des hommes au monde, en effet.

– C'était ce qu'il se disait et il était respecté pour cela. Mais tout passe, tout change. C'est comment maintenant à Carneville ?

– Les gens y sont braves. C'est tout proche mais pourtant j'ai l'impression d'y être loin de tout, loin de la mer. Une journée comme aujourd'hui, c'est comme si je remontais en surface et redécouvrais qu'il y a d'autres habitants, des villes, des villages et que nous ne sommes pas seuls au monde.

– Ici, c'est tout le contraire. Toujours du passage, un vrai défilé, souvent des visages inconnus. On les voit une fois et ils disparaissent. Heureusement pour certains. Il y en a qui vont tenter leur chance, ou leur mort, à Cherbourg.

– La vallée nous protège. Les chemins y passent par hasard, nous ne sommes sur aucune route et les voyageurs nous oublient. Rien n'y attire le passage, encore moins le séjour.

– Sauf la paix. Sauf les arbres. Les plus beaux arbres de la région sont là. Un saint a dû bénir cette vallée pour lui donner ce calme d'Eden.

– Vous en parlez comme avec du regret. Ici, vous avez la lumière…

– C'est l'éternelle punition des hommes, n'être jamais content de son sort. Pourtant, je n'en changerai pas. Pas maintenant. Ma place est ici, dans la maison qui m'a vu naître. Mon sillon a été tracé, par d'autres, mais tracé. Et même s'il s'amenuise, s'efface, je ne bougerai pas.

– Que voulez-vous dire ?

– Les familles se multiplient, s'étalent, dans le temps, dans l'espace, et se dispersent. Notre place dépend de l'ordre décidé par notre naissance. Premier fils, deuxième fils, troisième fils et les sœurs, qui sont autant de filles à marier. À donner du bien à chacun, quand il y en a, pour s'établir, à la fin des temps, il ne reste plus rien. Tout disparaît.

– Mais il n'y a pas de fatalité. Certaines personnes connaissent la prospérité, pour s'en tenir aux questions d'argent, en étant parties de rien. Et puis, la fortune n'est pas tout.

– Ne pensez pas que je sois triste de mon sort, ou jaloux de celui des autres. Simplement, je ne comprends pas, je ne comprends vraiment pas. Mon père et son père avant lui sont morts à la fin de leur âge, ils ont vécu de la terre, comme moi. Les récoltes n'ont presque jamais fait défaut. Seulement, pourquoi cette vie-là, sans écart, sans éclat, sans angle droit ? Pourquoi cette voie-là quand un autre Lamache aura été chirurgien de marine et maire de Saint-Pierre, son fils professeur de droit à l'université, tel autre, conseiller général ou percepteur, sans que je les connaisse ni ne sache à quel degré nous sommes parents ?

Anne se détourna du coin du feu où elle s'était retirée.

– C'est un petit pays, dit-elle, tout le monde est plus ou moins parent. D'ailleurs, moi aussi, ma mère était une Lamache. Et deux de nos grands-pères avaient le même père.

– C'est vrai, acquiesça son mari. Les liens ont paru se resserrer, mais ça n'a pas empêché la famille de se disperser à tous les vents. Tenez, regardez.

Il ouvrit un tiroir sous le plateau de la table et en sortit deux grosses poignées de beaux couverts ouvragés qu'il étala devant lui.

– Voilà ce qu'il reste des ancêtres. Tout un assortiment pour une tablée de vingt personnes. Ne croyez pas que je me vante, ça fait son effet, mais ça ne vaut rien de plus que les souvenirs qui y sont attachés.

En posant les couverts devant lui, il ne put s'empêcher de sourire d'une pauvre grimace, comme si l'évocation de ce passé inconnu rendait la mélancolie elle-même risible, dérisoire. Anne s'approcha et vint poser une main sur son épaule.

– C'est comme la leçon de la Bible, tout passe, la vanité est inutile, dit-elle.

– Cet aïeul, père de nos grands-pères, je crois que c'est de lui que tous ces couverts nous viennent. Il était assez aisé pour se faire appeler « maître ». Un maître, c'est quelqu'un qui a du bien. C'est de lui que nous viennent nos plus beaux meubles.

Il désigna la bonnetière d'un mouvement de tête.

– Mais comme tu dis, Anne, tout passe. Les terres ont été divisées, les maisons vendues, d'autres plus petites achetées pour que chacun s'installe et déjà, à la génération de nos pères, il ne restait rien. Et à notre tour, le peu qui sera sauvé ira à Jules, pas à ses frères et sœurs que Dieu nous a refusés. Pour lui au moins, il n'y aura pas de partage.

Il soupira, faisant tourner une cuillère entre ses mains.

– Anne, aurais-tu un peu de soupe sur le coin du feu, que l'on profite au moins de cette beauté passée, en attendant la fin du monde ?

Dehors le gros de l'orage se déchaînait. En quelques minutes, un torrent de pluie se déversa, inondant les bas-côtés de la route de Barfleur. Les gouttes heurtaient les vitres que le vent malmenait.

– Le temps ne laisse rien à l'homme sur la terre. Non, rien que sa vertu. Vous avez tracé votre sillon, il ne s'effacera que si vous abandonnez.

– C'est vrai, mais il ne déviera pas non plus. Peut-être que si j'étais parti, monté à bord du premier navire en partance, les choses auraient changé. Mais je sais très bien que je n'ai jamais eu *envie* de le faire. C'est cela qui m'étonne. Pourquoi certains n'envisagent-ils même pas un seul instant de vivre là où ils sont nés et pourquoi d'autres, comme moi, n'envisagent-ils pas d'autres cieux ? Pardon, Anne.

Il écarta les couverts en désordre, en retint quatre cuillères, alors qu'Anne déposait une casserole de soupe et quatre bols sur la table. Le rituel de la collation interrompit le fil des pensées divagantes. Marie Ravenel reçut un bol, promptement empli d'une soupe à la graisse. Anne s'installa en bout de table, le quatrième bol fut simplement posé, vide, en attendant l'apparition de Jules, l'enfant qui ne se montrait pas.

– Tenez, fit Pierre à Marie en lui donnant une cuillère. Honorons les ancêtres. Que leur apparat éclaire notre modeste repas. C'est peu, mais partagé de bon cœur.

– Et c'est accepté de même. Soyez remercié de votre générosité. Ce que vous disiez sur les chemins me rappelle une anecdote que l'on m'a racontée. J'ignore si elle est vraie ou si c'est une légende fraîchement imaginée. Vous souvenez-vous, l'an dernier, de ces deux navires américains qui se sont affrontés au large de Cherbourg ? J'ai appris que parmi les marins français à bord, deux frères originaires de Fermanville étaient embarqués. Par goût du voyage et l'envie d'un sort meilleur, ils étaient partis de chez eux. Le hasard des engagements les a placés sur chacun des navires ennemis et les a fait se battre au large de leur terre natale, malgré eux, pour une cause qui ne leur était rien.

Pierre Lamache sourit.

– Je vois bien que vous essayez de me consoler par la sagesse. Qu'est-il advenu de ces deux frères ?

– Heureusement pour eux, et pour leurs braves parents aussi, aucun n'a péri, pas même celui qui était à bord du navire qui a coulé. Je suppose qu'une fois leur aventure racontée jusqu'à plus soif, ils ont repris un engagement et sont repartis vers l'inconnu. Car nous sommes aveugles à notre destin. Quel que soit le chemin pris, par hasard ou par choix, on ne peut jamais deviner à l'avance ce qui va nous échoir. Ça n'est qu'une fois le chemin parcouru que l'on peut se retourner et prendre la mesure de ce qui a été notre lot.

– Je vais vous dire mon pressentiment : que prendre cette mesure n'est pas donné à tous, lui donner un sens encore moins. Naître, vivre, souffrir plus ou moins, mourir et ne rien comprendre, voilà notre lot. Comme construire des murs qui s'effondrent et qu'il faut remonter, jusqu'à ce qu'un autre cède par ailleurs. On n'en a jamais fini et on appelle cette agitation la vie. Que nous reste-t-il à la fin ?

– La foi, l'espérance. C'est un réconfort. C'est le mien.

– Il se peut que je n'aie pas choisi ce chemin-là non plus...

Pierre Lamache poussa un soupir, tempéré d'un sourire triste que Marie Ravenel lui rendit. Ni l'un ni l'autre ne souhaitait convaincre son interlocuteur, encore moins avoir le dernier mot. Ils savaient leurs points de vue trop différents pour s'accorder et n'avaient plus d'autre voie que de finir leur soupe paisiblement, avec les belles cuillères anciennes en étain, aux manches sculptés de motifs floraux. Marie Ravenel remercia encore ses hôtes pour leur accueil, les invita à s'arrêter à son moulin lorsqu'ils passeraient à Carneville. La pluie avait cessé et ne laissait plus entendre que la mélopée des dernières gouttes qui tombent des toits et des arbres.

Sur la route, le bruit d'un attelage se faisait entendre. Pierre Lamache se leva et sortit. Un maraîcher allait à Saint-Pierre, oui, il voulait bien rendre service et emmener la dame. Marie Ravenel et les Lamache se séparèrent sur quelques poignées de main franches et chaleureuses. Marie Ravenel, à bord de la carriole, s'éloigna vers Saint-Pierre-Église et l'amie qui l'attendait. Sa silhouette diminua peu à peu et disparut dans le lointain.

Au hameau Saint-Clair, un bol vide demeurait au bout de la table. Jules Lamache, dix ans, n'avait toujours pas fait son apparition. Il restait caché tant que des inconnus rendaient visite à ses parents et il oubliait parfois de revenir.

Jules Désiré Lamache était le père de mon grand-père. Il ne parlait jamais de sa famille, me raconta l'une de ses petites-filles qui, née avant la Seconde Guerre mondiale, l'avait connu. Jamais. Ni de celle dont il était issu, ni de celle qu'il avait fondée. Il n'a donc jamais pu confirmer la visite de Marie Ravenel un jour d'orage. La chappe de silence pesait déjà aussi sur lui, qui fut père de neuf enfants dont trois morts en bas âge. En héritage, le silence et une poignée de couverts en étain.

Les plages du pays d'Auge

Là aussi, la lumière, mais douce, filtrée, et surtout, le bonheur, sculpté, travaillé, afin que l'angoisse abandonne les estivants, s'ils l'ont jamais connue. Les plages sont cultivées comme des jardins, bordées de tous les agréments possibles : des allées de planches pour marcher sur le sable sans marcher dans le sable, des restaurants, des piscines, des casinos, des mini-golfs, des terrains de tennis. Tout existe pour le loisir, la vacance, rien d'autre. Le temps balnéaire est un temps suspendu, les odeurs de gaufres et de barbe à papa en plus. Les plages sont ensuite paysagées d'une première ligne de villas cossues aux styles et aux tailles éclectiques, puis d'un arrière-plan de collines parfaites où se devinent d'autres villas à colombages, quelques manoirs, des vergers de pommiers. Prière de venir au printemps pour admirer lesdits pommiers en fleurs. Les vaches et les chevaux dans les prairies ne sont pas toujours au rendez-vous de la carte postale, mais ils ne sont jamais loin.

La vue sur Le Havre rappelle (à peine) que certains bords de mer ne sont pas que villégiature. Existent aussi l'industrie, les supertankers, les torchères, les odeurs de soufre lorsque le vent n'est pas d'ouest. De nuit, c'est surtout une dentelle de lumière qui entoure l'écrin de la baie de Seine.

Les estivants habitent près de la plage, pour la plage. Ils vivent pour le sable, les vagues, les journées rythmées par les marées. La mer envahit leur emploi du temps, guide leurs trajets, leurs promenades pendulaires, maison, plage, maison. On va faire un tour à la mer ? Ils font un crochet par les planches, la mer est là, à leur disposition, apprivoisée, pacifiée. Sur leur parcours, les boutiques jettent sous leurs pas des brassées de filets à crevettes, de pelles et de seaux en plastique colorés. Ce sont des gens dont l'esprit est entièrement occupé, préoccupé par la mer. Elle est la raison de leur exil provisoire, l'image dont ils vont nourrir leur impatience toute la semaine jusqu'au prochain week-end. L'autoroute A13 est la voie la plus courte vers l'évasion, l'oubli, le soulagement. À peine est-elle quittée, à l'échangeur de Pont-l'Évêque par exemple, que déjà le spectacle s'organise, collines douces, vert suave des arbres et des prairies, moelleux des chemins de terre. C'est tout juste si quelques petites fermes, modestes, quelques panneaux publicitaires d'artisans rappellent que tout le monde n'est pas en « week-end ». À mesure que le bord de mer approche, une irrésistible envie de vagabondage peut prendre le plus sérieux des automobilistes. À Trouville, l'escapade commence par la route de la Corniche, villa Montebello, résidence des Roches Noires, bonjour Marguerite !

En haut, à gauche, direction Honfleur. Sur la route étroite, ne pas prêter attention à la chaussée déformée par les mouvements de terrain, grignotée par l'érosion venue de la mer. Ne pas voir les belles villas déjà condamnées, celles qui le seront un jour ou l'autre, leurs parcs rongés, diminués, par les éboulements et les ruissellements. L'usure lente et la destruction sont partout, dans tous les paysages, il faut continuer, avancer, dès que l'on s'arrête, l'observation est sans pitié, la conscience aussi. Le luxe et la beauté sont fugaces, l'artisanat des hommes n'est rien.

À Villerville, Jean-Paul Belmondo règle pour l'éternité la circulation au carrefour de nos mémoires, avant les virages en S autour de l'église de Cricquebœuf, réincarnée en chapelle au lierre dans *À l'ombre des jeunes filles en fleurs*. L'atterrissage à Honfleur se fait en douceur dans une perfection de formes et de lumières traquées par tous les peintres depuis le XIXe siècle. Dans les ruelles, on n'en peut plus de joliesse, de typique, de colombages, de briques et de pavés, des rez-de-chaussée de la rue du Dauphin qui sont des troisièmes étages côté bassin. Et la Lieutenance, a-t-on vu construction plus élégante, plus romanesque, sur fond de petits immeubles très étroits et très hauts ? Probablement pas, si ce n'est le reflet de la Lieutenance et des petits immeubles très étroits et très hauts dans les eaux du bassin. Pourquoi craindre la carte postale ? Honfleur existe comme une bulle spatio-temporelle pour faire oublier aux touristes que la réalité existe, les apaiser, leur murmurer que croiser la beauté donne des raisons d'espérer, de respirer.

Retour à Trouville. La Touque est une frontière, franchie grâce au pont des Belges. De l'autre côté commence une autre facette de la villégiature, celle qui se sait riche et qui le revendique. La gare est à colombages, bien sûr, et un pommier répand ses fruits sur un coin du quai à l'automne. Les agents SNCF sont-ils aussi arboriculteurs ?

Sur les planches, les rambardes des cabines de plage sont marquées de noms de stars hollywoodiennes, la promenade devient un générique. Les parasols rouges ou bleus font ressembler la plage à un tableau parfaitement structuré. La maîtrise est partout. Les voitures de luxe, parfaitement propres, sont parfaitement garées devant les hôtels de luxe. Les boutiques de luxe ont leurs vitrines parfaitement propres et ordonnées pour les clients du luxe. Pourtant, les rues tricotent deux types de badauds, ceux qui possèdent le luxe et ceux qui viennent regarder le luxe passer. Les deux se côtoient sur un sable commun, dans des réalités parallèles. Il faut quitter Deauville, vers l'ouest, la mer à main droite, pour retrouver une tentative de démocratie balnéaire. Depuis les hauteurs de Bénerville, le panorama se développe, les collines s'arasent. Un paysage de marais permet le déploiement de résidences touristiques plus nombreuses et probablement plus abordables.

À Cabourg, terminus du rêve, on peut enfin prendre le temps de flâner, sans être ébloui. Quoique… L'enfant regarde un maillot de bain rouge dans une vitrine. Elle sait très bien qu'elle ne pourra pas se l'acheter. De toute façon, elle ne passe jamais une journée complète à la mer, seulement des matinées, le temps du marché. De retour vers le sud du pays d'Auge, le paysage se normalise peu à peu. Des choses banales ou laides peuvent apparaître de place en place, au détour d'un cœur de village ou d'une cour de ferme, des carcasses de voitures abandonnées, des silos d'ensilage sous bâche tenue par des pneus. L'obsession de la maîtrise du paysage se délite, le beau devient aléatoire et ponctuel. Il faut bien rejoindre ce lieu qui s'appelle chez soi.

Le médaillon de la céramiste

La coupe est posée sur le buffet en bois sombre, immémorial de la nature morte. Elle contient rarement des fruits. Si elle devient utilitaire, elle perd son statut de pièce unique, de presque œuvre. Le quotidien est pragmatique, l'inutilité de l'objet fait sa valeur et nous avons peu d'objets inutiles. Avec des fruits, son motif de lignes géométriques disparaîtrait, et avec elles, tout ce qui fait son originalité, forme, lignes de couleurs sur fond noir, sonorité mate de la terre cuite vernissée dont l'écho bref tourne court dans le silence de la pièce.

Elle provenait d'une époque où les enfants n'existaient pas encore, ou alors nous étions trop petits pour voir et comprendre, une époque où les parents voyaient des gens qui n'étaient pas de la famille, partageaient des repas avec eux, s'essayaient à une « vie sociale » comme les grandes personnes sont supposées le faire, une époque où le travail et les soucis n'avaient pas pris toute la place. La coupe avait été créée par une céramiste, une authentique artiste, quelqu'un qui vivait probablement selon ses règles, selon sa mesure du temps. Lorsque l'on est enfant, certaines professions sont mystérieuses et relèvent de la magie.

D'elle, nous avions également possédé un pot à couvercle, un cendrier et un médaillon. Au hasard des chutes, des bris, des crises et des déménagements, seul le médaillon a traversé le temps, glissé en passager clandestin dans une succession de boîtes à bijoux reléguées dans des armoires, cœur battant oublié.

Je me demandais souvent comment mes parents avaient acquis ces objets signés par une même artiste. L'avaient-ils connue personnellement, était-ce une voisine lors de l'un des nombreux déménagements avant Lisieux ? Avaient-ils dîné avec elle, parlé avec elle ? La vie des parents avant leurs enfants est un mystère, un état antérieur perdu qu'il est impossible de reconstituer. Les dates sont peu de choses, les trajets sont effacés, même s'il en ressurgit quelques échos au hasard de phrases sibyllines, Cherbourg, Toulon, Le Mêle-sur-Sarthe… Rencontrer une artiste dans les années 1960 semblait pour mes parents le plus improbable des scénarios.

D'un ovale irrégulier, au double motif enchâssé de fleurs stylisées et naïves, le médaillon peut être vu comme l'essai d'un débutant doué ou comme la réalisation d'une artiste en recherche de la plus grande simplicité, dans le style de Vallauris. Un cordon noir permet de le porter, et l'imaginer suspendu à un cou, sur un sous-pull en acrylique à col roulé, de ceux qui faisaient des étincelles dans le noir lorsque l'on se déshabillait, fait renaître en deux secondes, en deux images, une silhouette de femme jeune dans les années 1960-1970. Survient aussitôt après le souvenir du canapé en velours dévoré, les pantalons patte d'éph', les chemises au col pelle à tarte. Nous n'étions pas toujours étrangers à la mode, certains éléments parvenaient jusqu'à nous, parfois en retard, parfois plus subis que choisis, issus de « cadeaux » ou d'achats faute de mieux, parce que le vêtement, par sa forme ou sa couleur était le plus proche (tendance approximation) d'une image qui avait fait rêver.

Ma mère, jeune, avait la même silhouette sèche et nerveuse, la même énergie électrique qu'Annie Girardot, la phrase-couperet redoutée en plus. Je les voyais identiquement porter des imperméables beiges ceinturés à la taille, les cheveux courts, ébouriffés, fatiguées des contrariétés, agacées de la vie qu'elles menaient, l'une dans les films, l'autre dans la réalité, rarement résignées et pourtant, l'une m'attendrissait, m'amusait, l'autre me faisait peur. Je n'ai eu cette révélation que plus tard, lorsque ma tante du Cotentin sut mettre des mots sur les faits. « Je crois que tu fais peur à tes enfants. » Neuf mots pour une évidence que personne n'avait osé dire jusque-là.

Je me souviens du moment où cette phrase fut prononcée, lors d'un trajet en voiture entre Lisieux et Orbec. J'étais assise à l'arrière de la voiture, j'aurais pu aussi bien être invisible. Je me souviens du soulagement à l'entendre prononcer. C'était donc ça cette attente anxieuse, cette imminence toujours repoussée, cette enfance aux aguets ? La peur ? Je me souviens aussi de la gratitude ressentie, jamais dite, après cette phrase. Un adulte, extérieur au strict huis clos familial, avait enfin compris le ressort de cette partie d'échecs que nous vivions et venait de décrire les faits avec objectivité. Cela n'a rien changé au quotidien ni à l'ambiance, mais désormais, je savais. La peur était ma boussole.

Ma tante du Cotentin était elle aussi, dans mon système imaginaire d'équivalences, reliée à une actrice. Elle était Simone Signoret. Pas la Simone jeune et blonde des premiers films, mais la Simone volcanique, débarrassée du souci de plaire au profit de la joie abrasive de ne rien laisser passer. Son franc-parler avait au moins le mérite de ne pas être une menace mais une certitude. Elle naviguait entre sa maison et son travail, avec de rares incursions dans quelques commerces, avec l'assurance (apparente) de Simone dans *Rude Journée pour la reine*, et elle revenait en sa maison comme une abeille à sa ruche. Dédiée aux achats de viande, elle revenait le samedi matin de chez le boucher, rituel immuable, porteuse d'un panier de provisions pour la semaine. Est-ce que des rêves prenaient place dans sa tête ?

Étrangement, les hommes de la famille n'avaient pas d'autre expression qu'eux-mêmes, comme si leur seule présence écrasait toute possibilité d'une échappée imaginaire, alors que Simone et Annie pouvaient vivre une vie parallèle. Simone n'aimait pas les gens, elle les regardait de loin, de haut, désabusée. Elle n'avait pas quitté sa maison, mais Cherbourg pendant et après-guerre avait dû être un théâtre trop réaliste pour conserver des illusions sur qui que soit. Annie n'aimait pas tellement les gens non plus, elle était coincée dans une vie qui déraillait d'année en année, lentement, dans un milieu et des activités qui ne lui convenaient pas. Elle avait rêvé de belles choses, de beaux vêtements, de confort, les années 1960 avaient fait miroiter des promesses non tenues. À quel moment est-elle passée d'effrayante à effrayée ?

Elles se retrouvaient, deux ou trois fois l'an et essayaient de faire bonne figure, surtout Annie. Toutes les vies de famille sont des fictions, plusieurs scénarios s'écrivent sous un même toit, avec autant de points de vue qu'il y a de protagonistes. Pourtant, le récit aurait pu suivre une autre ligne dramatique, d'autres échappées.

Scénario. Le titre reste à trouver, travail en cours. Deux personnages, deux femmes au caractère très différent. Pour raison pratique, appelons-les encore Annie et Simone, non pour évoquer les actrices réelles, mais plutôt la synthèse de décennies de rôles marquants, essences de personnages, résultat de dizaines de films vus et revus, implantés dans l'imagination, la mienne, et je l'espère, celle des lecteurs et lectrices.

Scène 1, qui n'est peut-être pas la première du film.

L'action se passe sur les quais de Cherbourg, au bout du pont tournant, un jour de ciel gris. Il y aurait de l'animation, surtout sur le quai Alexandre-III, avec des voitures aux silhouettes et aux bruits de moteur caractéristiques, Simca 1 000, Ami 8, Diane, une époque résumée par son ambiance sonore. Le bruit des moteurs aujourd'hui s'uniformise, le claquement des portières s'enouate dans un souffle étouffé qui prétend signifier le luxe et l'opulence alors qu'il n'est que l'asphyxie de nos libertés. Mais ne nous égarons pas, un scénario est supposé aller à l'essentiel, donner les éléments clés nécessaires à l'ambiance.

Cherbourg, donc, le bout du pont tournant, un jour de ciel gris. Il est tôt car une passante porte encore ses bigoudis sous un foulard, autre marqueur d'époque.

Annie arrive lentement depuis le quai de Caligny, un plan large la montre sur fond d'immeubles, le bassin du Commerce à droite de l'écran. De près, on remarque la ceinture de son imperméable, nouée à la va-vite, un sac à main fatigué, suspendu à son épaule. Elle n'a pas de but, elle marche lentement, s'arrête devant le cinéma pour regarder les affiches des films au programme. Elle s'allume une cigarette. Une photo de Sophia Loren, féminité triomphante, retient son attention quelques secondes, puis l'indiffère. Elle s'éloigne et reprend sa promenade sans but. À quelques pas du cinéma, un troquet. Elle entre.

Debout au bar, deux hommes âgés, cassés, laminés, chacun planté devant un verre posé sur le comptoir. Ils jettent à peine un regard à Annie qui va s'asseoir à une table. Simone, cigarette à la main, un torchon sur l'épaule, feuillète un magazine derrière le comptoir. Elle dévisage Annie, attrape son torchon et va en donner un coup sur la table choisie.

Simone : B' jour, qu'est-ce que ce sera ?

Annie : Un café.

Simone acquiesce et va préparer le café en surveillant Annie du coin de l'œil. Annie regarde au loin, perdue dans ses pensées, pas très gaies. Par la vitrine, on aperçoit la silhouette de chalutiers à quai et en fond de décor, la montagne du Roule. Elle remarque à peine le retour de Simone qui pose le café sur la table. Simone hésite à retourner au comptoir.

Simone : Vous avez une tête à vous foutre dans le bassin. J'espère que c'est pas votre intention.

Annie, agacée : Et pourquoi pas ? Ça aurait le mérite de la simplicité.

Simone : Ah, non, tout sauf simple. Il y aurait enquête, questions. Je serais obligée de dire que vous êtes passée par ici avant de vous jeter à l'eau. Vous connaissez la chanson, rumeur, guigne, poisse. Faut pas que les gens sautent dans le bassin en sortant de chez moi, c'est mauvais pour le commerce.

Annie : C'est dur pour tout le monde.

Simone : C'est pas une raison.

Annie : C'en est une excellente, la seule qui vaille. Au nom de quoi il faudrait trimer toute sa vie ? On n'est pas des chiens. « L'honneur », le « travail bien fait », « pauvre mais digne », c'est rien que des foutaises pour nous tenir en laisse.

Simone : L'argent ne fait pas tout…

Annie : Encore une phrase à la con. L'argent fait la vie, la mort. Il n'y a que ceux qui n'en manquent pas qui font semblant d'être au-dessus de ça.

Simone : Je ne sais pas, je ne connais que des gens qui en manquent.

Annie : C'est ma vie à moi aussi, une vie de gueux à compter chaque sou, à refuser tout aux gamins, comme mes parents avant moi. Galoches et taloches, c'était ça mon enfance. Gueux de génération en génération…

Simone : Si vous avez des enfants, pensez à eux…

Annie : J'en voulais pas de ces gosses, je ne sais pas pourquoi ils sont nés. Ça avait pourtant l'air bien comme idée. Quand on se marie, c'est pour avoir des gosses y paraît. Mais non. En fait, c'est nul. Nul de mère en fille. Et moi non plus, je ne sais pas pourquoi je suis née, à part pour morfler.

Simone : Nous, c'était une autre époque. La guerre a fait des ravages et pas que sur les champs de bataille.

Annie : Je n'ai rien vu de la guerre, j'étais trop petite. Je n'ai connu que l'après, le manque de tout, la nourriture pas bonne, les abcès, le froid.

Simone : Oui, sale époque. On se demande comment on a fait pour traverser ça, et pourtant on l'a fait. Moi aussi je me souviens du froid.

Annie : Ça faisait mal, pire que les coups. Je crois que je préférais encore une bonne mandale.

Simone : Chez nous, personne n'aurait osé et pas par gentillesse, non. On se connaissait trop bien, ça aurait tout de suite tourné au pire. Coup pour coup qu'on rendait, pas de pitié.

Annie : Quand même pas, non, mais l'père, fallait pas le défier, des fois, ça partait tout seul. Même si le pire, c'était encore la menace… Vous étiez à Cherbourg vous aussi ?

Simone : Oui, née à Octeville, mariée à Tourlaville, veuve à Cherbourg, j'ai fait le tour de la question, c'est moche partout.

Elles rient.

Annie : Vous poussez un peu quand même…

Simone : À peine.

Annie : Mais vous êtes restée…

Simone : Aucune preuve que ce soit mieux ailleurs, alors je campe.

Annie : J'ai vécu un an à Toulon. C'était trop dur.

Simone : Qu'est-ce qui n'a pas marché ?

Annie : Le soleil, la solitude.

Simone : Vous n'aviez pas d'amis ?

Annie : Non, je ne sais pas ce que c'est. J'en ai jamais eu. Pas le genre de la maison. C'est quoi un ami ?

Simone : Quelqu'un avec qui on peut se taire.

Annie : Ça marche aussi avec un chien ou un frigo votre définition.

Simone : Essayez d'aller vous promener avec votre frigo…

Elles rient à nouveau. Dans les yeux d'Annie, la colère s'est effacée.

Scène 2

Simone et Annie sont à la plage de Collignon. Elles achètent des frites à une cahute installée en front de mer, une barquette chacune, et elles vont s'asseoir sur le sable pour les manger. La digue de l'est forme une ligne parfaite, l'eau scintille, le ressac des vagues est si léger qu'il trouble à peine la contemplation. Une journée idéale.

Il se pourrait qu'elles soient heureuses dans cet instant sans attente, sans enjeu, aux parfums de sable chaud, de bord de mer et de frites croustillantes et brûlantes.

Il y a tant de choses à faire passer.

La silhouette alourdie de Simone, mais son regard toujours aigu, surtout lorsqu'elle regarde Annie.

Les mouvements secs d'Annie, comme des dénégations, non, laissez-moi, je vais bien, je vais m'en sortir, laissez-moi tranquille, ça ne vous regarde pas, c'est pas vos oignons.

Simone : J'ai quelque chose pour vous.

Elle fouille dans sa poche, en sort un petit paquet mal fagoté dans du papier de soie. Annie le prend et déballe l'objet. C'est un médaillon en céramique au double motif enchâssé de fleurs stylisées et naïves. Elle passe le cordon autour de son cou, elle sourit. Le bijou lui va bien, l'embellit. Tout d'un coup, elle est entrée dans la modernité. Elle est *à la mode*.

Il y a encore tant à dire, à faire comprendre dans cet instant d'apparence simple et banal. Par petites touches, aplats successifs de sensations, il y a les éclats de joies minuscules, la caresse de l'air, le foulard doux qui protège du soleil, les grains de sel qui craquent sous la dent, sourires brefs arrachés au quotidien, le poids des choses qui s'abat, à quoi bon continuer ? Suivi du parfum qui s'insinue et console, avant de petites étincelles de colères qui ne demandent qu'à créer l'incendie, ravager les pensées, envie de tout détruire. À quoi bon continuer ? Pourtant il le faut (pourquoi ? pourquoi ? murmure la petite voix dans la tête), chaque jour recommence avec ce défi, vas-tu réussir à vivre, à travailler, à respirer jusqu'à ce soir ? La conversation intérieure ne finit jamais, cabossée par les claques des sensations successives, impossible de répertorier et nuancer l'infinie variété des assauts d'une seule journée, chaque élément nouveau complique la trajectoire en flèche du scénario, ses descriptions minimalistes.

Tant pis pour l'efficacité du scénario.

Final ? Probablement. Troisième et dernière scène en tout cas.

Annie entre dans le bar, Simone est derrière le comptoir. Re-jeu de la première scène, même cadre, lumière un peu plus intense, sauf que cette fois, les deux types laminés ne sont pas là et qu'Annie s'approche du bar. Elle sourit. Simone est soulagée.

Simone : Alors on y va ?

Annie : Oui, vraiment. On se casse. Tranquillement.

Simone : Presque sans haine et sans violence.

Annie : On n'est plus là pour personne, démerdez-vous avec vos problèmes.

Simone : Et on va jusqu'où ?

Annie : Au bout du ras-le-bol, sur le bord du rien.

Simone : Une place rien que pour nous.

Elles sortent dans la rue. Simone ferme la porte du bar à clé. Une 2 CV est garée de l'autre côté de la rue. Elles montent, Simone conduit. Elles partent, longent le quai en direction de la gare. La voiture disparaît au loin. La lumière sur le bassin et sur la montagne du Roule est toujours aussi belle. Mais les deux femmes sont parties.

Bien sûr, ça n'est pas fini, ça n'est jamais fini, il y aura tous ces manques à combler entre ces fragments de scènes, la vraie vie d'Annie, la vraie vie de Simone, leur passé peut-être, le poids du quotidien dans leur existence et dans les rues de Cherbourg, cette possibilité du départ permanent dans une ville portuaire et pourtant, tous ces bateaux jamais pris, à peine regardés sinon comme d'impressionnantes mécaniques entrant et sortant de la rade, une trajectoire qui *ne nous regarde pas, pas nos oignons*.

Face au buffet en bois sombre, les silhouettes de Simone et d'Annie existent et n'existent pas. Le réel et la fiction cohabitent en lames feuilletées, fiction des livres, fiction des films, dans le même espace, celui de la maison au bout du chemin bordé de houx et d'aubépines, dans le silence de la salle à manger, devant la coupe en céramique posée sur le buffet, immémorial de la nature morte dont la vie déborde de l'image. Consolation de l'imagination. Lumière et poussières suspendues.

Le goût des collines

Le village se tient à la jonction de trois vallées, à la confluence de trois ruisseaux. Le manoir, l'église et une poignée de maisons, posés sur l'une des collines, forment une sorte de « quartier haut » sur fond de forêt, un idéal pittoresque de la Normandie, une aquarelle directement issue des siècles passés, tandis que le reste du village s'agglutine en contrebas, au carrefour des routes taillées dans le pli des vallons. Seule la quiétude établit l'unité du lieu. Le clocher octogonal de l'église date du XIe siècle, art roman pur et fin, le manoir, à colombages sur soubassement en pierres de taille calcaires, des XVe et XVIe siècles. Le reste du village est disparate, dissonant, là des briques, là des colombages ordinaires, là de la pierre, de la beauté nulle part, du charme partout et des pommiers épars sur les pentes des prairies.

Les trois ruisseaux se rejoignent dans les prés au pied de la forêt, roulent ensemble sur un kilomètre avant de se dissoudre dans l'Orbiquet, affluent de la Touque. Leurs murmures habitent le fond des vallons pour qui sait trouver les détours et aller les entendre. Tous prennent leur source dans les confins du village. Deux d'entre elles sont habillées de lavoirs perdus, au fin fond d'un champ pour l'une, en contrebas de chemins pentus pour l'autre. La troisième source est une résurgence crachée en jet discret au bord d'une vaste flaque en forêt. Aucune promenade n'est possible sans, à un moment, croiser un ou deux de ces ruisseaux. Là où les routes les ignorent, le réseau vagabond des chemins les longent, les traversent, au plus secret des replis des cartes topographiques, cet endroit où les gens pressés n'ont jamais le temps de se perdre et où les rêveurs essayent de deviner le vrai sens du cours des choses.

La source préférée, la plus proche de la maison, celle en contrebas des chemins pentus, était un refuge. Au tout début de l'emménagement dans la maison, c'était une destination pour venir y puiser des jerricans d'eau potable. Puis ce fut la promenade des enfants seuls, livrés à eux-mêmes. Combien d'heures de jeux, quasiment retirés du monde, avons-nous passées là ? C'était le moyen d'échapper à la chaleur étouffante des étés, les pieds dans l'eau glacée, si froide que l'on ne pouvait y tenir plus de deux ou trois minutes.

Écoulement du temps, dans l'alternance du chaud et du froid, fascination pour l'irruption continue de l'eau dans le lavoir, par deux entrées ménagées dans le muret en briques qui en formait le tour, soutien des margelles en granit.

Issue de quelles profondeurs, alors qu'à l'arrière-plan, il n'y a qu'un passage boueux ? Comment cette fraîcheur, comment cette pureté sont-elles possibles ?

Parfois, le lavoir ne nous suffisait plus et nous partions au fil de l'eau. Après une vingtaine de mètres canalisés le long du chemin, le ruisseau bifurquait dans un champ pour un cours qui nous paraissait, à son échelle, sauvage. Il serpentait entre les arbres, s'enfonçait de plus en plus profondément là où la terre l'avait laissé s'insinuer, se cassait en un virage à angle droit puis se jetait dans une cascade soudaine, de presque deux mètres de hauteur, invisible et secrète, cachée par les arbres et à l'écart du chemin. Nous l'avions approchée une fois, en remontant le cours depuis une rive accessible et apaisée, plus bas. Nous étions nous aussi cachés par le tunnel des arbres et le lit creusé dans la terre tendre. L'endroit était superbe, disproportionné par rapport à la sagesse de départ du ruisseau, embelli d'interdit et de danger. Un bassin s'était créé au pied de la cascade, mais là aussi, le froid limitait le temps d'exploration. L'eau aux genoux cisaillait notre résistance et nous repoussait. Dans le champ, la chaleur et la lumière nous reprirent dans leur étau.

Sur l'autre versant du vallon, un pan abrupt du coteau dévoilait quelques abris sous roche. Nous les imaginions ignorés de tous, inoccupés depuis des centaines d'années, ancien refuge pour des bergères de notre âge, future cachette possible pour une fugue, mais nous ne sommes jamais allés plus loin que le seuil. Nous avions l'expérience de l'ombre, *pas plus merci*, nous étions là pour la lumière, la joie, le ruisseau, la source, tous réunis au creux de la paume de la vallée.

Bientôt, l'heure du revenir s'insinuait, alourdissait les derniers instants. Nous n'avions pas envie de quitter cette solitude intense et peuplée, le chant des oiseaux, les herbes drues et parfumées, les scénarios pour mille autres vies. Remonter vers le sommet de la colline, c'était tout abandonner, tout laisser derrière soi jusqu'à la prochaine fois, incertaine. Nous connaissions chaque arbre, chaque creux dans le pied des haies ; à tel endroit, nous avions vu une couleuvre ; à cet endroit, ensuite, nous regarderions toujours à nos pieds pendant des années. L'ascension était un retour au réel, à notre visage pour la famille, abandonnant notre vrai « nous » au fond du vallon, au bord de la source, l'eau toujours proche pour purifier les souvenirs.

Revenir, marcher sur les bulles de macadam qui éclatent et collent aux semelles et garder en mémoire la joie du ruisseau.

La mécanique des possibles

Ce serait un jeu, cruel et vain, mais un jeu, une possibilité offerte par la seule force de la fiction et de l'écriture.

« Et si… », deux mots pour rêver et aller contre les faits, contre l'évidence du vécu et pour se promener sur les sentiers qui n'ont pas été empruntés.

« Et si… », deux mots et trois petits points comme une amorce à rêves et à regrets.

« Et si… » ou l'illusion qu'à chaque instant décisif, tous les choix sont possibles, comme s'il ne s'agissait que de cela, de choix, comme si l'image de l'instant décisif n'était pas elle-même une illusion. Tourner à droite ou à gauche, dire oui ou dire non et feindre d'ignorer que nos actes sont chargés par avance des strates d'heures déjà vécues, de mots déjà prononcés ou entendus.

« Et si… », ou le rêve de pouvoir recommencer, ailleurs, autrement, semblable au rêve de gagner une fortune au Loto.

« Et si… », acceptant pour vraies les images de carrefour, de charnière, d'aiguillage : « Et si j'avais vécu d'autres vies ? »

Dans le parcours des parents, il y a en apparence deux moments clés, du moins juste après ma naissance. Alors qu'ils ont un peu plus de trente ans, ils font ce choix de partir vivre à la campagne, de transformer un ancien pressoir en maison habitable, suivi (conséquence ?) du choix d'un retour à la terre, dans l'élevage de chèvres et la fabrication de fromages, alors que des deux parents, seul le père a approché ce que pouvait être la vie à la campagne, l'autarcie, le travail incessant qu'implique le soin aux animaux. La mère est fille d'ouvriers, elle n'a jamais vécu qu'en ville.

Et si, au lieu de s'installer à dix kilomètres de Lisieux, le père avait racheté à son frère et à ses sœurs les parts de la maison de leur grand-mère morte en 1970, cet héritage niché au creux du vallon sous l'église de Carneville, département de la Manche ?

Le hameau, d'un splendide isolement, est composé d'à peine dix maisons cernées de jardins d'hortensias et de palmiers exubérants, rural avec des touches d'exotisme. Le scénario aurait été celui d'un retour aux sources pour le père, puisqu'il a grandi là, après la mort de ses parents. Dans cette version de notre famille, je vais à pied à l'école du village ou à celle du village d'à côté, Fermanville, pas de changement par rapport à la réalité, deux ou trois kilomètres, seule, deux fois par jour, autre époque. Ce serait une enfance dans le parfum des buis et des fougères, porté par un vent iodé. Le collège est à Saint-Pierre-Église, si proche, quatre kilomètres à peine, que je peux régulièrement y aller à pied ou en vélo et dormir une heure de plus le matin. Les journées ne font plus douze heures entre le lever et le retour en bus, auxquelles s'ajoutent le travail à la maison – il existe soudain une possibilité de confort et de bien-être, peut-être même d'un travail scolaire plus régulier et soutenu. Qui sait quelles conséquences auraient pu avoir ces heures retrouvées ?

Par contre, le lycée serait à Cherbourg, une ville qui fait quatre fois la taille de Lisieux. Est-ce facile pour un poussin des champs de s'intégrer ? Le choc ville-campagne est-il le même ou la présence de l'Arsenal, avec sa forte proportion d'ouvriers, de militaires et de personnels administratifs influe-t-elle sur la composition de la ville, donc sur son atmosphère ? Une chose est sûre, le soir, le bus me dépose sur la départementale D901, disons au niveau de l'aéroport de Maupertus, que l'arrêt ait existé ou pas à l'époque, il est là, maintenant, par le seul fait de le vouloir à cet endroit. Ces hautes prairies coupées de landes ventées et de haies maigres auraient aiguisé un sens du romantisme gothique déjà en germe. De mon œil d'aigle, j'aurais pu surveiller l'approche d'un Heathcliff potentiel, au détour d'un virage.

Mais quelle profession pour les parents dans cette situation ? Quel degré de proximité avec la réalité choisir lorsque toutes les possibilités sont ouvertes ? Dans l'hypothèse d'un choix identique, à savoir se mettre à son compte et vivre de l'élevage de chèvres, le cadre aurait été parfait, bucolique, sauvage, fait d'herbages et de bois imbriqués. La proximité de Saint-Pierre-Église, Barfleur, Valognes et surtout de Cherbourg aurait été un énorme avantage économique, offrant bien plus de débouchés, avec des marchés et des restaurants, sans les centaines de kilomètres effectués chaque mois dans le pays d'Auge et les heures passées sur la route. Mais est-ce que la réussite tenait seulement à un équilibre économique ? Est-ce que n'entrait pas aussi en jeu le fait d'exercer un métier auquel on est habile et dont on n'aurait pas, quelque part, un peu honte ? Honte que l'on tenterait de tenir à distance par l'octroi hasardeux de « cadeaux », de « services » ou « d'offres promotionnelles » jamais réciproques et qui ne feraient que grignoter les rentrées d'argent. Le commerce suppose des marges, suppose d'assumer une stratégie et le calcul d'un bénéfice. Il ne suppose pas d'espérer que seuls la gentillesse et le travail ardu obtiendront leur récompense.

D'ailleurs, pourquoi s'enliser à nouveau dans la voie de la difficulté et du travail ingrat ? Est-ce que la satisfaction d'être revenus dans la maison familiale n'aurait pas suffi, sans ajouter le besoin de changer de voie ? Dès lors, parmi les métiers possibles, rester mécanicien ou magasinier dans un garage aurait été une forme de continuité avec la vie à Lisieux. Et pourquoi pas mécanicien à l'arsenal de Cherbourg ? Il y aurait eu en retour la renommée du lieu, son importance stratégique et symbolique dans l'industrie de la ville et du pays, la chance « d'en être ». Il y aurait eu la garantie de l'emploi, la régularité du salaire et peut-être, grâce à cela, une vie de famille ordinaire : des vacances une fois par an, l'événement d'un restaurant à

Barfleur ou à Saint-Vaast-la-Hougue, le dimanche, une table avec vue sur mer s'il vous plaît, on l'a promis aux enfants, ils travaillent bien à l'école, c'est la récompense. Même une gaufre en marchant sur la plage aurait fait la fête.

Travailler à l'Arsenal aurait continué un semblant de tradition familiale et généalogique dans la carrière d'ouvrier d'État puisque le grand-père maternel avait été ajusteur à l'Arsenal et qu'au moins l'un des arrière-grands-pères de Carneville y avait été menuisier. Une fois cette situation assurée, quel métier pour la mère ? Dans son cas, continuer à faire des ménages aurait été difficile, à moins d'aller elle aussi à Cherbourg. À la campagne, la plupart des gens se débrouillent seuls avec leur poussière en suspens et leurs cheveux dans les lavabos. En ville, elle aurait pu trouver différentes places, chez les notables du lieu, à la gare maritime, à l'hôpital. C'était alors une jeune femme d'une trentaine d'années, ayant sagement traversé les années 1960, dévouée pendant une décennie à l'idée d'un mariage, d'un foyer, à l'idée d'avoir, sans envie ni intérêt apparent, des enfants. Être sans qualification ne veut pas dire être sans talents. Elle aurait pu trouver à employer son savoir-faire en cuisine ou en couture. Pourquoi pas vendeuse au rayon tissu du grand magasin emblématique de la ville, Ratti ? Toute la ville bruisse, « allons chez Ratti », « il y aura des nouveautés chez Ratti », « moi, je ne vais que chez Ratti ». C'est le seul grand magasin avec une façade Art déco, des étages en mezzanine bordés de balustrades en fer forgé et desservis par un double escalier qui donne l'impression d'être au music-hall. Elle aurait coupé des métrages de cotonnades, de velours, de voilages, conseillé les acheteuses sur les modèles de patrons à privilégier en indiquant les difficultés qui se devinent rarement lorsque l'on voit les silhouettes dessinées et les poses élégantes dans les catalogues, sans parler des « tissus techniques » qui glissent sous le ciseau ou devant l'épingle. Elle aurait pu rapporter des coupons de tissu à la maison ou de jolis objets d'autres rayons, achetés avec une (utopique ?) « remise employés ». Elle aurait eu un parfum, des habits du dimanche tous les jours de la semaine et surtout, des chaussures fines et élégantes, elle y tenait, elle qui avait gardé un souvenir dégoûté des galoches rudes portées après-guerre lorsqu'elle était enfant. Les jours de repos, elle aurait cultivé des fleurs et des légumes, mais surtout des fleurs, parce que l'influence de l'idéal domestique des années 1960 et des magazines féminins vintage longtemps conservés flotterait encore.

Son style soigné aurait probablement été une source de moqueries, voire de critiques, de la part de son frère et de sa sœur parce que, paramètre important, vivre à Carneville nous aurait placés à vingt-cinq kilomètres à peine de l'autre branche de la famille, resserrant les liens pour le meilleur et pour le pire. Cela aurait augmenté la fréquence des visites et des échanges, des critiques et des frictions. Qu'en serait-il ressorti ? La construction d'une vraie famille avec des liens réellement profonds, pacifiés, entre chacun des membres ? Ou au contraire, l'enlisement dans des divergences de points de vue et l'incapacité à accepter de ne pas être d'accord ? De toutes les possibilités de « Et si… », cette faible distance aurait été la variable d'influence la plus importante. « Et si, à Carneville… », avant d'être la possibilité d'un lieu, aurait été la possibilité de conflits et de tensions. Or, au début des années 1970, ce sont justement des tensions et un certain mal-être au travail qui ont poussé les parents à quitter Lisieux pour la campagne puis à réfléchir à une autre orientation professionnelle. Et si tout s'était bien passé dans leur vie à Lisieux ?

Le père serait resté dans le garage qui l'employait. Sociable, serviable, il aurait rempli ses fonctions avec cœur, à la plus grande satisfaction de la clientèle qui aurait, peu à peu, fait connaître sa préférence pour lui et établi sa réputation. Soucieux du bon fonctionnement de l'équipe, il aurait proposé des améliorations à l'organisation des tâches, à la gestion des stocks. Le directeur du garage l'aurait encouragé, sans que ses collègues en soient jaloux. Sa bonne humeur et son goût pour la plaisanterie auraient toujours fait des adeptes et désamorcé la tentation de la querelle et de la jalousie. Si bien que lorsqu'il se serait trouvé promu responsable du service, personne n'aurait protesté, du moins ouvertement. Les années Mitterrand s'annonçaient comme l'ère du tout voiture, la prospérité et l'opulence étaient à portée de main, malgré les incitations à « la Chasse au Gaspi » née des chocs pétroliers de 1973 et 1979. Après une quinzaine d'années, il aurait pu devenir directeur-adjoint, la voie royale vers une fin de carrière confortable à attendre le départ en retraite du directeur de la concession pour prendre naturellement sa place, ou bien devenir responsable régional de la logistique et des approvisionnements. Cette dernière possibilité aurait été riche de voyages, de « déplacements », d'anecdotes sur d'autres villes, d'autres garages, donc d'ouvertures sur autre chose que notre horizon limité, mais aussi d'éloignements pluriels, source d'autres « Et si… » trop nébuleux pour être envisagés.

Parallèlement, la mère aurait pu faire valoir ses talents en couture en devenant employée à l'usine Caroline-Rohmer toute proche du garage. L'atelier était immense et avait la réputation de travailler pour le prêt-à-porter haut de gamme. C'était une marque que l'on ne semblait pas retrouver dans les magasins de Lisieux, mais peut-être ne la cherchions-nous pas, puisqu'elle était de toute façon hors de notre portée. La mère avait pris des cours de couture dans sa jeunesse, un gros cahier empli de croquis de silhouettes et de patrons, de conseils de coupe, en témoigne encore. Au début, elle aurait travaillé à tous les postes de fabrication, mais c'est à l'atelier de coupe qu'elle se serait fait remarquer. Une de ses retouches de croquis ayant amélioré une veste basique, sans surcoût de fabrication, juste en modifiant l'orientation des pinces et la forme des poches, sa cheffe d'atelier lui aurait permis d'étudier d'autres modèles. La marque se cherchait, le style *executive woman* s'imposait dans la mode, mais comment l'adapter et se démarquer sans sombrer dans l'ennui des tailleurs aux vestes croisées et aux jupes droites ? Tout était dans l'art du détail, des pinces bien placées, des boutonnières soignées, des parementures contrastées. L'art de faire beaucoup avec peu, fruit d'une vie d'économies sans vouloir renoncer aux apparences et d'une généalogie de la pauvreté, devenait soudain un avantage, un talent. La mère quitterait alors le bruit de la zone fabrication pour rejoindre les bureaux de conception. Elle apprendrait à travailler en équipe, à parler en public et à faire valoir ses points de vue. Son autorité ne reposerait plus sur une vague menace faite de silence et d'implicite, mais sur des capacités, un savoir-faire qui seraient reconnus. Ses dessins étaient fins et racés. L'élégance lui était naturelle, imprégnée du cinéma hollywoodien, de la mode des sixties, de l'image d'une féminité sophistiquée, plus rêvée que pratiquée dans sa vie personnelle. Il lui fallait aussi de l'efficacité. La femme des années 1980 devait se révéler, s'affirmer et la mode, sa mode, y participerait.

Avec ces deux réussites conjointes, le style de vie de la famille se serait trouvé transformé. Nous aurions quitté le petit immeuble de deux étages en limite des champs pour une maison de ville où tous les avantages de la cité seraient accessibles en vingt minutes à pied au maximum. Peu à peu, par un éloignement progressif des anciennes routines d'économies et de renoncement, par une habituation à des moyens financiers de plus en plus larges, nous serions devenus des « gens aisés ». De ces gens pour qui les vacances ne sont pas un espoir mais une réalité régulière et renouvelée, dont la qualité se doit d'être à la hauteur d'exigences toujours plus pointues. Notre scolarité aurait peut-être bifurqué vers l'enseignement privé, non parce qu'il était réellement de meilleure qualité, mais par ce qu'il offrait en garantie d'exigence et possibilités de relations sociales. À moins que nous n'ayons recouru aux cours particuliers pour améliorer nos points faibles et développer de nouveaux talents : musique, danse, langues étrangères… Un statut et une revanche sociale se conquièrent en une multitude de victoires symboliques et de détails pratiques. Le frère et moi serions peut-être devenus des porteurs de polos Lacoste et de chaussettes Burlington, cibles de regards que nous aurions su très bien ignorer.

Au milieu de ce confort et de cette sécurité, à quel moment serait intervenue la tentation de la mort ? Les tentatives de suicide, la tentative de féminicide ? Était-elle réservée à un seul schéma de vie, celui de la maison au bout d'un long chemin bordé de houx et d'aubépines, ou se serait-elle insinuée malgré tout dans le fil de nos vies alternatives, peu importe le scénario, peu importe la réussite sociale ? Se serait-elle tapie dans les arrière-pensées, dans les regards qui jaugent l'écart entre la réalité et le poids des attentes inassouvies ? Aurait-elle trouvé d'autres sources où se nourrir pour croître et éclore en une succession de déflagrations, chacune plus destructrice que la précédente ? « Et si… » est bien un jeu cruel et vain, faussement consolatoire, il ne laisse que des questions sans réponse.

L'instantané

Sur la photographie, le petit chien saute en l'air, tout à sa joie, poursuivi par le chat noir, silhouette floue, mouvements figés pour et par l'éternité des grains argentiques. Fidelio et Laïda, compagnons de vie, morts depuis longtemps.

Derrière eux, arrière-plan sans apprêt, le chantier d'une maison en cours de restauration. Nous sommes quelques mois après le solde de l'échec, il faut trouver un nouveau lieu où s'arrimer. Le troupeau de chèvres est vendu, la maison au bout du chemin bordé de houx et d'aubépines est bradée pour payer les dettes, le divorce est une certitude, l'illusion de famille dispersée.

Reste cet instant suspendu, deux animaux qui s'amusent, l'énergie du jeu malgré nous, nos problèmes, nos impasses, l'innocence indifférente à la sidération des humains sous le choc.

Dans les mois et les années qui ont suivi, comme après un accident, chacun a tenté de rassembler les fragments de soi, sans se blesser aux tessons des souvenirs. Des années à se détacher de l'écho des phrases et des peurs. Des années à balayer ses petits morceaux d'âme, d'espoir et de raison de vivre, comme les ailes des mouches mortes aux rebords des fenêtres.

C'est l'histoire de jeunes gens des années 1960, enfants des bombardements et du champ de ruines de l'après-guerre en Normandie, qui ont cherché leur voie à l'écart de toutes les idéologies et déclarations d'intention, riches de leur courage et de leur bonne volonté,

qui ont eu des enfants pour une raison inconnue, sans savoir pourquoi, ni comment les élever,

qui ont brièvement goûté les miettes des Trente Glorieuses, avant le premier choc pétrolier, suivi d'un deuxième, l'un et l'autre ont rebattu les cartes économiques, la main gagnante n'est jamais celle des plus modestes,

qui ont cru au refrain du commerce et de la libre entreprise, sous la sécurité et protection d'un gouvernement socialiste qui avait pourtant érigé Bernard Tapie en héros des temps modernes.

Capitalisme triomphant et anthropophage, ils se sont fait dévorer.

C'est l'épopée de vies ordinaires cognées aux angles des circonstances et de la géographie, Normandie, fin fond du pays d'Auge, loin dans le repli des cartes topographiques. Au-delà du chemin bordé de houx et d'aubépines, il n'y a plus qu'un sentier vers la forêt, la vie sauvage, autant dire rien si on ne pense qu'en termes de rentabilité et d'exploitation, autant dire tout si on ne rêve qu'en termes d'échappée et de libération.

Le petit chien est heureux malgré tout, chaque jour ajoute au bonheur recommencé d'un nouveau repas, d'un nouveau jeu. Sa présence empêche de sombrer complètement, la vie continue, si l'on oublie ce qui empêche de respirer.

Le souffle se retrouve loin de l'épicentre, sur les chemins parcourus de long en large, vers ou avec les amies très chères, avec H., avec C., dans leur foyer tendre où les parents s'intéressent à leurs enfants, les écoutent, les encouragent, des kilomètres à pied pour user dans ses muscles les sentiments d'absurde et d'injustice, au fil des chemins.

Le souffle se retrouve dans les livres, dans les films. Parfois, on aimerait rester y vivre, dans les pages, derrière l'écran, pour ne pas se perdre dans les méandres du quotidien, de la place à se créer, du métier à trouver.

Jour après jour, le poids du réel face à la fiction, jour après jour, sans coupure, sans montage.

La photographie ne dit rien de ce qui fut, mais dévoile autre chose qu'elle-même, la continuité et le changement, l'attente, l'instant suspendu comme le saut du petit chien, ce carrefour provisoire après lequel plus rien ne sera comme avant, chacun pour soi, *parce que nous avons toujours été seuls, n'est-ce pas*, seuls tous ensemble ?

La photographie ne dira rien d'autre que ce qu'elle montre quand plus aucun d'entre nous ne sera là. Juste un caniche poursuivi par un chat noir.

En attendant, tout reste à faire, tout reste à dire.

Les trois premières pages de « Lisieux, nord-sud », sont parues dans la revue *Phoenix*, n° 36, automne 2021. Merci au conseil de rédaction de son accueil.

Page 15, la citation de *Vent d'Est, vent d'Ouest*, de Pearl Buck, est tirée de la traduction de Germaine Delamain, éditions Rencontre, Lausanne, 1968.

Pages 50 à 57, les chansons citées sont :
Barbra Streisand, « Woman in Love », dans l'album *Guilty*, Columbia, 1980.
Eurythmics, « Sweet Dreams (Are Made of This) », dans l'album éponyme, RCA Records, 1983.
Ottawan, « T'es O.K. » dans l'album *D.I.S.C.O.*, Carrère, 1980.

Page 115, la réplique « Le temps ne laisse rien à l'homme sur la terre. Non, rien que sa vertu » est un vers de Marie Ravenel, extrait de son poème « Souvenir de jeunesse » (1865).

Les Avrils, une collection imaginée par
Sandrine Thévenet et Lola Nicolle.

Enthousiasmes littéraires

Conception graphique : Atelier 25.
Composition : Nord Compo.
Correction : Agnès Aubry.
Coordination prépresse : Maude Sapin.

Déjà parus aux Avrils

Raphaël Alix
Le Premier Homme du monde
Protocole miracle

Isabelle Boissard
La fille que ma mère imaginait

Lucile Bordes
Que faire de la beauté ?

Jeanne Broucq
Zéro virgule neuf pour cent

Didier Castino
Quand la ville tombe
Boxer comme Gratien

Guillaume Collet
Les Yeux de travers

Nicolas Delisle-L'Heureux
Un grand bruit de catastrophe

Martine Delvaux
Le monde est à toi
Pompières et Pyromanes

Arnaud Dudek
Le Cœur arrière

Martin Dumont
Tant qu'il reste des îles
Tempo

Dominique Fabre
Trois Passagers

Bertrand Guillot
L'Abolition des privilèges

Amandine Hamet
Les Couleurs

Driss C. Jaydane
Moïse de Casa

Bianca Joubert
L'Amérique n'est blanche qu'en hiver

Dimitri Kantcheloff
Supernova

Bill Kouélany
Kipiala ou la Rage d'être soi

Alexandra Matine
Les Grandes Occasions
La Pire Amie du monde

Karim Miské
La Situation

Vidya Narine
Orchidéiste

Dan Nisand
Les Garçons de la cité-jardin

Lili Nyssen
L'Effet Titanic

Suzanne Privat
La Famille, itinéraires d'un secret

Johanne Rigoulot
Une fille de province

Isabelle Rodriguez
Les Orphelines du mont Luciole

Achevé d'imprimer par l'imprimerie Corlet,
à Condé-en-Normandie
ISBN : 978-2-38311-026-2
N° d'impression : 23090583
Dépôt légal : mars 2024